I0669091

16
1879

# TANT PLUS ÇA CHANGE...

## VAUDEVILLE-REVUE

Représenté pour la première fois, à Paris, sur le théâtre du PALAIS-ROYAL,
le 28 décembre 1878.

Y Th.
20065

CALMANN LÉVY, ÉDITEUR

*Extrait du catalogue des pièces*

# EDMOND GONDINET

Format grand in-18.

LA BELLE MADAME DONIS, pièce en quatre actes.
LES CASCADES, comédie en un acte.
LE CHEF DE DIVISION, comédie en trois actes.
CHRISTIANE, comédie en quatre actes.
LE CLUB, comédie en trois actes.
LE COMTE JACQUES, comédie en trois actes, en vers.
LA CRAVATE BLANCHE, comédie en un acte, en vers.
GAVAUT, MINARD ET Cie, comédie en trois actes.
GILBERTE, comédie en quatre actes.
LES GRANDES DEMOISELLES, comédie en un acte.
LE HOMARD, comédie en un acte.
LIBRES! drame en cinq actes.
OH! MONSIEUR! saynète en vers.
LE PANACHE, comédie en trois actes.
PANAZOL, comédie en un acte, en vers.
PARIS CHEZ LUI, comédie en trois actes.
LES RÉVOLTÉES, comédie en un acte, en vers.
LE ROI L'A DIT, opéra-comique en trois actes.
TROP CURIEUX, comédie en un acte, en vers.
LE TUNNEL, comédie en un acte.
LES VICTIMES DE L'ARGENT, comédie en trois actes.
LES VIEILLES COUCHES, comédie en trois actes.

IMPRIMERIE GÉNÉRALE DE CHATILLON-SUR-SEINE, JEANNE ROBERT

# TANT
# PLUS ÇA CHANGE...

## VAUDEVILLE-REVUE

### EN TROIS ACTES & CINQ TABLEAUX

PAR

## EDMOND GONDINET & PIERRE VÉRON

## PARIS
## CALMANN LÉVY, ÉDITEUR
### ANCIENNE MAISON MICHEL LÉVY FRÈRES
RUE AUBER, 3, ET BOULEVARD DES ITALIENS, 15
### A LA LIBRAIRIE NOUVELLE
—
### 1879

Droits ed reproduction, de traduction et de représentation réservés

# PERSONNAGES

MOULINOT — GUIBOLARD . . . . . . . . . MM. GEOFFROY.
HAUTBOURDIN — UN CHEF ARABE — LOUIS XIV . LHÉRITIER.
BELGODÈRE . . . . . . . . . . . HYACINTHE.
LE BARON DE BALAGNOL . . . . . . . . PELLERIN.
VALENTIN . . . . . . . . . . . . . CALVIN.
MONTMAJOUR — UN MARCHAND DE BILLETS
   — ROMÉO. . . . . . . . . . . . . MONTBARS.
ALFRED — UN FAUTEUILLISTE — JULIETTE. . RAIMOND.
FLAMICHET — BIDARD . . . . . . . . FUSIER.
UN MARCHAND DE CHIENS — GRÉGOIRE. . . PLET.
L'ONCLE . . . . . . . . . . . . . BOURGEOTTE.
JOSEPH — L'HOMME A LA CANNE — UN
   GARÇON DE THÉÂTRE . . . . . . . . PETIT.
UN GARDIEN . . . . . . . . . . . FERDINAND.
PREMIER MONSIEUR . . . . . . . . . GILLY.
DEUXIÈME MONSIEUR. . . . . . . . . PLEIFFER.
UN COUREUR — LE CONSERVATOIRE . . . . PAUL.
UN CHEF ARABE . . . . . . . . . . ARMAND.
UN DOMESTIQUE. . . . . . . . . . . VILLETTE.
MISS KRAMPTON — L'EXPOSITION . . . . . Mmes MARIE MAGNIER.
ANATOLE — UN CANOTIER — LE FACTEUR PAR-
   LEMENTAIRE . . . . . . . . . . . JANE HADING
AGLAÉ — LE CHEF DE FANFARE — L'HIPPO-
   DROME . . . . . . . . . . . . . FAIVRE.
MADAME MOULINOT — UNE DANSEUSE ESPA-
   GNOLE . . . . . . . . . . . . . MATHILDE.
FLORENCE — DE SAINT-ALUMINIUM — UNE
   DANSEUSE ESPAGNOLE . . . . . . . . DÉZODER.
NINICHE. . . . . . . . . . . . . GABRIELLE-ROSE.
EMMA — LA POUPÉE NAGEUSE . . . . . MAROT.
TATINE — UNE HOLLANDAISE. . . . . . MIETTE.
ÉGLANTINE — LE BILLET DE BANQUE. . . . DÉRICOURT.
POPOTTE — UNE FRISONNE — UN SUÉDOIS —
   LA CIGALE . . . . . . . . . . . ELLEN-ANDRÉE.
MARIE DE MANCINI. . . . . . . . . MIRECOURT.
UNE DANSEUSE ESPAGNOLE . . . . . . AYMÉ.
UN MARCHAND DE JOURNAUX. . . . . . LAVAINNE.
UN GAMIN — UNE DANSEUSE ESPAGNOLE . . DIDELU.
HERMANCE — UNE JAVANAISE — UN SUÉDOIS. ANDRAL.
VIRGINIE — UNE BRÉSILIENNE — UN SUÉDOIS
   UNE DANSEUSE ESPAGNOLE. . . . . . . FRANCE.
UNE NOURRICE . . . . . . . . . . . HORTENSE.
UN SUÉDOIS . . . . . . . . . . . HÉRAULT.
UN SUÉDOIS. . . . . . . . . . . . DERRY.
UN SUÉDOIS. . . . . . . . . . . . SULLY.

VISITEURS ET VISITEUSES DE TOUTES LES NATIONS.

———————

# TANT PLUS ÇA CHANGE...

## ACTE PREMIER

—

### PREMIER TABLEAU

Un magasin de plumassier à Bordeaux. — Le soir. — La devanture est fermée. — Porte d'entrée au fond. — Porte à droite et porte à gauche. — Un comptoir à gauche. — Une table à droite. — Une pendule-coucou au-dessus de la porte d'entrée. — Chaises, etc.

—

## SCÈNE PREMIÈRE

### AGLAÉ, FLORENCE.

Elles cherchent toutes les deux un objet égaré.

AGLAÉ.

Ne cherche plus, il va être minuit.

FLORENCE, triomphante.

Je l'ai trouvée!

AGLAÉ.

Peut-on se donner tant de mal pour une pièce de dix sous!

FLORENCE.

Ma chère, c'est une pièce percée, et perdre une pièce percée la veille du jour de l'an, ce ne serait pas bon signe.

AGLAÉ.

Maintenant tu es satisfaite?

FLORENCE.

Et je peux tirer ma révérence à saint Sylvestre. (Elle prend un calendrier en feuilles indiquant le 31 décembre 1877, et le déchire.) Oh! la vilaine année! Mais je veux me rattraper en 1878. D'abord, je ne resterai pas à Bordeaux. J'irai à l'Exposition universelle. On m'a déjà proposé un emploi de femme suédoise ou d'anglaise virginale. J'aimerais mieux être espagnole... (S'apercevant qu'Aglaé s'est assise et travaille.) Que fais-tu?

AGLAÉ.

J'ai un ouvrage à terminer.

FLORENCE.

Je vais t'aider.

AGLAÉ, vivement.

Non, non, c'est inutile.

FLORENCE.

Toutes ces demoiselles sont couchées; je ne te laisserai pas seule.

AGLAÉ.

Je vais t'avouer la vérité; j'attends quelqu'un.

FLORENCE.

Ah bah! qui donc?

AGLAÉ.

Tu n'en diras rien?

FLORENCE.

Je te le jure.

AGLAÉ.

M. Moulinot.

FLORENCE.

Le patron !... Moi qui le prenais au sérieux !

AGLAÉ.

Ça n'empêche pas.

FLORENCE.

Un homme qui a une femme et des enfants !

AGLAÉ.

Il est très bien conservé, décoré du shah de Perse, et il a failli être maire de Pessac !

FLORENCE.

Ça ne l'empêche pas de te donner des rendez-vous.

AGLAÉ.

C'est le premier... On marche : c'est lui. Passe par la chambre de la bonne.

FLORENCE.

Oui, oui. (A part.) En voilà une qui a de la chance !

AGLAÉ.

Je n'ai pas eu le temps de préparer mon émotion.

Elle se met à travailler avec affectation comme pour ne pas s'apercevoir de l'entrée de Moulinot.

## SCÈNE II

### AGLAÉ, MOULINOT.

Moulinot entre par la gauche avec précaution ; il tient un bougeoir.

MOULINOT, au public.

J'avais vingt-trois ans quand j'ai fondé la maison Moulinot et compagnie, aujourd'hui Moulinot seul. J'ai tra-

vaillé comme un nègre et j'ai vécu comme un trappiste...
sauf madame Moulinot, — en me disant : « Ernest, tu
jouiras de la vie quand tu auras amassé ton demi-mil-
lion. » — J'ai fait aujourd'hui mon inventaire, et j'ai dé-
passé mon chiffre de douze cent vingt-neuf francs soixante-
dix-sept centimes. Je n'ai plus qu'à être heureux. Ne per-
dons pas de temps. (Il regarde Aglaé.) Elle fait semblant de
ne pas me voir; elle est émue. — C'est moi!

AGLAÉ, jouant la surprise.

Ah!

MOULINOT.

Adorable!... (Il va poser le bougeoir à gauche et fermer la porte
au verrou.) Que celui qui a résisté à une jolie femme me
jette la première pierre! J'en excepte Joseph, et encore!...
Je parierais qu'il a regretté son paletot. (A Aglaé.) Là!
nous sommes en sûreté. J'ai donné congé au père François, qui couche dans le magasin, et quand on crierait au
feu...

Il lui prend la main.

AGLAÉ, minaudant.

Vous me jugez mal, peut-être?

MOULINOT.

Au contraire, je te trouve adorable. Demande-moi ce
que tu voudras.

AGLAÉ.

Je voudrais aller à l'Exposition.

MOULINOT.

Nous irons ensemble. (Il lui prend la taille.) Cette taille,
voilà une taille qui me changera. (Il fait le geste de la prendre
dans ses deux mains.) Tandis que celle de ma femme... (Il
élargit les bras. — Minuit sonne à la pendule.) Minuit! (Avec solen-
nité.) Une année tombe dans l'oubli, une autre commence.
L'heure est solennelle. (Abandonnant brusquement la main
d'Aglaé.) Non, non, je ne tromperai pas ma femme le premier jour de l'an.

Il se sauve, laissant Aglaé interdite.

AGLAÉ.

Il s'en va!

Arrivé à la porte, Moulinot tire le verrou et s'arrête.

MOULINOT.

J'oublie mon bougeoir.

Il va le chercher.

AGLAÉ, stupéfaite et dépitée.

En voilà un imbécile!

Moulinot a repris son bougeoir; mais, quand il se retourne vers la porte, elle s'ouvre et on voit apparaître les têtes de cinq ou six ouvrières en déshabillé du matin, qui tiennent toutes des bougeoirs.

LES OUVRIÈRES.

Père François, on vous souhaite... (Interloquées.) Le patron!

Elles se sauvent.

MOULINOT, ahuri.

Je suis pris!

AGLAÉ, à part.

C'est bien fait. (Moulinot reste un moment indécis, ne sachant plus s'il doit rester ou partir. Enfin il se décide et sort brusquement par la porte restée entr'ouverte. — Furieuse.) Il ne la portera pas en paradis, celle-là. (La porte basse, sous la devanture du magasin, s'ouvre bruyamment, Aglaé fait un bond.) Quelqu'un qui a le secret!

## SCÈNE III

### AGLAÉ, MONTMAJOUR.

AGLAÉ.

Le monsieur d'en face!

MONTMAJOUR, allant à elle et lui prenant la taille.

Veux-tu te venger?

AGLAÉ.

Monsieur Montmajour!

MONTMAJOUR.

Je t'y aiderai.

AGLAÉ.

Quand on a une femme jeune et belle!

MONTMAJOUR.

Précisément, ça donne des idées. D'ailleurs Églantine me croit à Libourne. J'ai tout vu, de dehors; Moulinot est un cuistre. Venge-toi, ça me fera plaisir.

AGLAÉ.

Pourquoi?

MONTMAJOUR.

Parce que je l'exècre.

AGLAÉ.

Pourquoi l'exécrez-vous?

MONTMAJOUR.

Parce que tout lui réussit, à cet animal-là. Il a fait fortune, il a un fils charmant, il a une fille charmante. Moi, je n'ai qu'un neveu, un sacripant, qui finit son volontariat.

AGLAÉ.

M. Alfred!

MONTMAJOUR.

Tu le connais? — Enfin Moulinot vient d'être décoré du shah de Perse. Pour des plumes! Et moi!... moi qui ai découvert le moyen de diriger les ballons en les accrochant à des rails: il ne reste plus qu'à savoir où j'accrocherai les rails. Moi qui ai inventé un fusil plus léger: il est en liége, il ne part pas encore. Moi qui ai trouvé le mouvement presque perpétuel: il n'y manque plus qu'un je ne sais quoi. Je végète, je végète, Aglaé, je végète.

C'est ce qui révolte madame Montmajour, mais je lui ai juré que, cette année, j'aurais une médaille à l'Exposition, que je serais décoré quelque part et que Moulinot n'aurait rien, rien, rien. (Se penchant à son oreille.) Est-ce qu'il enverra quelque chose à l'Exposition?

AGLAÉ.

Je crois bien!

MONTMAJOUR.

Un ouvrage?

AGLAÉ.

Un portrait.

MONTMAJOUR.

En plumes?

AGLAÉ.

En plumes de pigeon.

MONTMAJOUR.

C'est Moulinot qui a trouvé ça!

AGLAÉ.

Avec nous.

MONTMAJOUR.

C'est admirable; j'entrevois d'immenses horizons.

> Ces portraits-là peindraient le caractère:
> Pour les gommeux la plume de dindon,
> Plumes de grue aux filles de Cythère
> Et de canard au reporter brouillon,
> Plumes de paon pour le parvenu bête
> Et de vautour au gérant casse-cou;
> Quant aux maris, symbolisant leur tête,
> Ça va de soi, la plume de coucou.

Pas besoin d'état civil! Le dessin donne le physique, et la plume le moral. Quels horizons! avec un peu de réclame. — Montre-le moi.

AGLAÉ.

Quoi?

MONTMAJOUR.

Le portrait.

AGLAÉ.

C'est impossible... il est sous clef.

MONTMAJOUR.

Raison de plus. Est-il ressemblant?

AGLAÉ.

Très-ressemblant.

MONTMAJOUR.

De qui?

AGLAÉ.

D'un prince, je ne sais pas lequel.

MONTMAJOUR.

Encore une décoration!... Sois bonne, Aglaé, je te donnerai ce que tu voudras.

AGLAÉ.

Un voyage à l'Exposition?

MONTMAJOUR.

Deux.

AGLAÉ, à part.

J'emmènerai Gustave. (Haut.) Attendez-moi cinq minutes.

Elle sort.

MONTMAJOUR.

Je t'attends, ange, je t'attends. (Seul.) C'est hardi, ce que je fais là, et si on me voyait ici à pareille heure... (Il aperçoit un bras qui passe sous la porte de la rue et une tête encapuchonnée qui suit le bras.) Une tête! une tête qui entre!

Il se jette de côté pour ne pas être vu, et, comme la tête avance, il se précipite dans une énorme caisse en osier, où il disparaît tout entier.

## SCÈNE IV

MONTMAJOUR, caché, ALFRED, puis AGLAÉ,
FLORENCE, POPOTTE, TATINE, VIRGINIE,
HERMANCE.

Alfred, qui, en passant la tête n'a vu personne, entre avec précaution;
il est en tenue militaire.

ALFRED.

Mon oncle et ma tante Montmajour m'ont défendu
d'entrer dans cette maison; mais mon oncle est à Libourne et ma tante dort. Et moi, j'aime mademoiselle
Moulinot. Il faut que je la vôie! son père m'a écrit ce matin : (Lisant une lettre.) « Je possède votre honorée... » C'est
imprimé, ça... « J'apprends que vous aspirez à la main de
» ma fille, livrable en bon état, valeur marchande... » c'est
encore imprimé. « Je vous interdis de passer devant ma
maison, et c'est dans l'espoir d'une nouvelle commande... »
Si je trouvais quelqu'un!

Il regarde à droite.

MONTMAJOUR, levant doucement le couvercle.

Je me suis trompé, peut-être. (Il le referme vivement.)
Non.

ALFRED, qui l'a vu.

Mon oncle! dans un coffre!

Il se cache précipitamment dans un placard.

AGLAÉ, revenant avec le portrait.

Voilà le portrait. (Stupéfaite.) Il est parti! Lui aussi. Eh
bien, si c'est comme ça que l'année commence...

FLORENCE, accourant.

Alerte! alerte!... (Étonnée.) Tu es seule? Déjà! Tu as donc
été sévère?

1.

AGLAÉ.

Oui, oui, j'ai été sévère.

FLORENCE, à part.

L'exception prouve 'a règle. (Haut.) J'allais te prévenir que ces demoiselles sont toutes sur pied.

AGLAÉ.

Je les ai déjà vues.

FLORENCE.

Ah !

Tatine, Popotte, Hermance et Virginie sont entrées à la suite de Florence. — Elles n'ont plus leurs bougeoirs.

POPOTTE.

Que faisait le patron ?

TATINE.

Après minuit ?

AGLAÉ.

Il venait retoucher l'œil du prince, qui louche, et comme c'est le jour des étrennes...

POPOTTE, avec effroi.

Non, non, ne nous souhaite pas la bonne année.

TATINE.

Ça porte malheur, [si on n'est pas embrassée d'abord par un homme.

POPOTTE.

Un homme laid.

TATINE.

Un homme très laid. Nous cherchons le père François.

AGLAÉ.

Il n'y est pas.

POPOTTE, TATINE, HERMANCE, VIRGINIE, déconcertées.

Il n'y est pas!

AGLAÉ.

Non. (A part.) Je ne peux pas maîtriser ma colère. Je me vengerai de M. Moulinot, de vous aussi, M. Montmajour.

Elle sort furieuse.

POPOTTE.

Voilà que ça commence bien!

TATINE.

Vous verrez que cette année encore je ne pourrai pas aller à Paris.

FLORENCE.

Toi aussi tu veux aller à Paris?

TATINE.

Il n'y a que Paris pour les femmes.

POPOTTE.

Cette année surtout: il y aura des étrangers.

TATINE.

Et pas de Parisiens.

FLORENCE.

Il faut Paris pour surnager
Et c'est à Paris que l'on brille;
On y court bien quelque danger,
Dit-on, quand on est jeune fille:
Tant pis, c'est une occasion ;
Chacun expose quelque chose, (*Bis.*)
En ce temps d'exposition,
Moi, c'est ma vertu que j'expose.

TATINE.

Eh bien, ça ne réussira pas. Moi je veux absolument être embrassée par un homme.

ANATOLE, entrant.

En voici un.

TOUTES.

M. Anatole!

POPOTTE.

Le fils du patron !

ANATOLE, s'approchant pour les embrasser.

## RONDEAU.

Bonjour, mes mignonnes,
Bonjour, mes friponnes,
Bonjour et puis aussi bon an !
Car la voilà née,
La nouvelle année,
Suite de l'éternel roman.
Vite qu'on m'embrasse,
Faites-moi la grâce
D'approcher vos jolis minois !
Pour cette revue,
Coutume connue,
J'entends qu'on obéisse aux lois !
C'est le jour des baisers par ordre,
Le jour des baisers Judas.
Combien voudraient pouvoir se mordre
Qu'on va voir se tendant les bras !
Moi, mes baisers, je vous le jure,
Seront des baisers pour de bon ;
Au besoin, pour qu'on s'en assure,
Je doublerai la ration.
C'est charmant, mes belles,
Ce petit bruit d'ailes
Que cela vous fait doucement.
C'est charmant, la lèvre
Qui donne la fièvre,
Rien que par un frémissement.
Qu'apportent-ils à notre vie,
Tous ces mois aux espoirs lointains :
Du soleil ou bien de la pluie,
Du plaisir ou de gros chagrins ?
Que sera l'année
Dont cette journée
Vient augurer l'inconnu ?
Tant pis, peu m'importe,
Que le diable emporte
Tout pressentiment superflu.
Avancez, gamines,
Vos têtes mutines

Et ne faisons rien à demi!
Riantes figures
Sont joyeux augures,
Autant de pris sur l'ennemi!
Bonjour, mes mignonnes,
Etc...

TOUTES, se reculant avec effroi.

Non, non, n'approchez pas!

ANATOLE.

Vous voulez être embrassées par un homme.

TATINE.

Vous n'êtes pas un homme, vous.

ANATOLE.

J'ai dix-huit ans.

POPOTTE.

Et il faut un homme laid.

ANATOLE.

Je ferai la grimace.

TOUTES.

N'approchez pas!

ANATOLE.

Oh! les méchantes filles!
Il essaie encore de les embrasser, elles s'éloignent.

TATINE.

Non, non, vous nous embrasserez deux fois après.

ANATOLE.

Alors, enlevons la devanture, et arrêtons tous les hommes laids qui passeront dans la rue.

TOUTES.

Oui, oui...

ANATOLE.

Pous essuyer les plâtres.

TOUTES.

Les plâtres!

On enlève vivement une partie de la devanture.

ANATOLE.

Pristi! sapristi!... qu'il montre sa tête,
Le vilain monsieur dont on a besoin;
Peut-être jamais à pareille fête
N'aura-t-il été... Regardons au loin!
Personne, ma foi... va te faire fiche,
Ainsi fait toujours le hasard moqueur. (*Bis.*)
Si nous placardions une grande affiche:
« On demande un homm' laid à faire peur. » (*Bis.*)

TATINE, poussant un cri.

Ah!

TOUTES.

Quoi?

TATINE.

Un monsieur qui descend par une corde de la maison
en face.

Toutes regardent.

CHŒUR.

Ah! mon Dieu! je ne sais pas d'où
Peut bien descendre cette corde,
Ah! grand Dieu! je ne sais pas d'où.
Il va tomber! miséricorde,
Et du coup se rompre le cou. (*Bis.*)

POPOTTE.

Oh! mon Dieu! La corde est trop courte.

ANATOLE.

C'est un amoureux, je vole à son secours.

FLORENCE.

D'où vient-il?

POPOTTE.

Du deuxième étage au 27.

MONTMAJOUR, sortant de son panier tout couvert de plumes.

Chez ma femme !

TOUTES, stupéfaites.

Hein?

ALFRED, montrant la tête.

Chez ma tante !

Il disparaît sans que personne l'ait vu.

MONTMAJOUR, furibond.

Chez ma femme !

Il veut s'élancer, on le retient.

# SCÈNE V

## LES MÊMES, LE BARON.

Le baron entre clopin-clopant, soutenu par Anatole.

LE BARON.

J'ai le cœur trop tendre. (A part, avec ahurissement.) Le mari !... Ce n'est donc pas lui qui m'a fait peur ?

MONTMAJOUR, s'élançant.

Monsieur...

TOUTES.

Arrêtez...

MONTMAJOUR.

Je serai calme. Monsieur...

LE BARON, à part.

Sauvons Églantine. (Très poliment.) A qui ai-je l'honneur de parler?

MONTMAJOUR.

Montmajour, de Libourne.

LE BARON, se présentant.

Baron Anthénor de Balagnol des Martigues!

MONTMAJOUR, furieux.

Voulez-vous me dire d'où vous descendez?

LE BARON.

D'un Philippe de Balagnol qui fut tué sous Chilpéric.

MONTMAJOUR, exaspéré.

En ce moment, en ce moment?

LE BARON.

En ce moment... je descends d'un balcon.

MONTMAJOUR.

Vous l'avouez! Et qu'y faisiez-vous?

LE BARON.

Je pourrais vous répondre que ça ne vous regarde pas.

MONTMAJOUR, écumant.

Ça ne me regarde pas!

LE BARON.

J'aime mieux vous dire que je faisais une expérience.

MONTMAJOUR.

Une expérience?

LE BARON.

Oui... j'ai inventé un système de sauvetage.

MONTMAJOUR.

Quel système?

LE BARON.

Un système, que j'étudiais dans le silence du cabinet, je veux dire de la rue. (A part.) Ah! sapristi!... je me suis trompé de paletot, c'est le sien...

MONTMAJOUR, lui prenant le bras.

Quel sauvetage?

LE BARON, à part.

Il le reconnait!...

ANATOLE, bas.

Enlevez-le.

LE BARON.

Un sauvetage perfectionné.

MONTMAJOUR.

Perfectionné en quoi?

LE BARON, ôtant adroitement son paletot.

En ce qu'il suffit d'une ficelle, d'une simple ficelle, qu'on lance avec une flèche.

MONTMAJOUR.

De quelle façon?

LE BARON.

Je ne peux pas vous le dire.

MONTMAJOUR.

Pourquoi?

LE BARON.

Parce que j'attends l'Exposition. Vous verrez ça le premier avril, ou le premier mai.

MONTMAJOUR, menaçant.

C'est bien, monsieur, je monte chez ma femme.

LE BARON, bas.

Retenez-le et rapportez le paletot.

ANATOLE.

Comptez sur moi... (En sortant.) Sauver une femme, ah!
quel bonheur!

> Au moment où Montmajour veut sortir, les jeunes filles le re-
> tiennent.

TATINE.

En voilà un qui nous porterait bonheur!

POPOTTE.

Il faut nous faire embrasser.

TOUTES, l'entourant.

Monsieur Montmajour!

MONTMAJOUR, voulant leur échapper.

Pardon, mesdemoiselles.

FLORENCE.

C'est aujourd'hui le premier de l'an.

MONTMAJOUR.

Oui, mesdemoiselles.

POPOTTE.

Vous ne nous embrassez pas?

MONTMAJOUR.

En ce moment...

TOUTES.

Bonjour, monsieur Montmajour,
Pour l'an de grâce qui commence,
On vous souhaite bonne chance,
En tout, en ménage, en amour.

> Elles l'embrassent.

Bonjour, monsieur Montmajour. (bis.)

MONTMAJOUR, les embrassant.

Je bous! je bous!...

ANATOLE, revenant.

C'est fait... lâchez-le.

TOUTES, avec une révérence.

Bonjour, monsieur Montmajour. (Il part furibond. — Elles le suivent en répétant.) Bonjour, monsieur Montmajour.

LE BARON, vivement à Anatole.

Vous avez remis le paleto ?

ANATOLE.

A elle-même !... Je l'ai vue, je lui ai parlé.

LE BARON.

Merci, merci!

ANATOLE.

Elle rougissait, elle tremblait, elle m'a pris la main par distraction. C'est si joli, une femme coupable !

LE BARON.

Elle n'est pas coupable !

ANATOLE.

Ah !... ne dites pas ça... elle a des yeux si doux !

Il embrasse Virginie.

VIRGINIE.

Eh bien ?

ANATOLE.

Et une taille si fine.

Il embrasse Florence.

FLORENCE.

Eh bien ?

ANATOLE.

Et des épaules si belles.

Il embrasse Popotte.

POPOTTE.

Eh bien ?

ANATOLE.

Et puis... et puis...

Il embrasse Tatine.

TATINE.

Il est gentil, tout de même.

LE BARON.

Mesdemoiselles, vous m'aiderez à sauver une femme.

TOUTES.

Oh ! oui !

ANATOLE.

Qui a un mari si laid !

FLORENCE.

Il revient.

Effroi général.

MONTMAJOUR, revenant avec calme.

Baron, votre main ?

TOUTES, stupéfaites.

Ah !

MONTMAJOUR.

Les apparences autorisaient mes doutes. De plus, vous avez un paletot qui ressemble au mien. Madame Montmajour m'a tout expliqué. Elle suivait vos expériences à travers les persiennes, et vous lui avez fait une peur dont elle est à peine revenue. Mais elle a été émerveillée. Cette flèche ! Ça m'a suggéré une idée. Les idées nous viennent vite à nous autres... Bordelais... Vous êtes noble, vous êtes homme du monde, vous n'entendez rien au commerce, nous pourrions nous associer.

LE BARON, embarrassé.

Nous... (Les jeunes filles partent d'un éclat de rire, et sortent par la droite.) Monsieur...

MONTMAJOUR.

Pour exploiter votre découverte. Ne refusez pas avant de réfléchir. Je lui ai déjà trouvé un nom : L'ascenseur instantané !

## SCÈNE VI

### LES MÊMES, EMMA.

EMMA, au dehors, gaiement.

Anatole ! Anatole !

ANATOLE.

Ma sœur !

ALFRED, montrant sa tête, avec joie.

C'est elle !

EMMA, accourant.

Si tu savais ce que j'ai vu de ma fenêtre ? (Entrant étourdiment.) M. Montmajour qui est descendu de chez sa femme par le balcon.

ANATOLE, vivement.

Tais-toi !

EMMA, s'arrêtant interdite.

Ah !

ANATOLE, présentant.

M. Montmajour.

MONTMAJOUR.

Non, mademoiselle, non, ce n'est pas moi qui suis descendu, c'est monsieur.

EMMA, très-étonnée.

Ah !

ANATOLE, vivement.

Le baron de Balagnol : Emma Moulinot, ma sœur.

On se salue.

EMMA, ingénument.

Alors monsieur est le cousin de madame Montma... ?

ANATOLE, l'interrompant.

Tais-toi.

EMMA, bas.

Puisqu'il l'embrassait.

ANATOLE.

Ça ne te regarde pas.

EMMA.

Je l'ai vu.

MONTMAJOUR.

Une ficelle avec une flèche ?

Emma en se reculant se rapproche de la cachette d'Alfred, qui la tire par le pan de sa robe.

EMMA.

Alfred !...

Elle se précipite pour le cacher.

ANATOLE, au baron.

Elle est un peu bébête, ma sœur.

LE BARON.

Elle est divine, mais il faut la supplier de se taire. Mademoiselle ?...

EMMA, embarrassée.

Alors, vous n'êtes pas son cousin ; je croyais qu'il n'y avait que les cousins...

ANATOLE.

Il le serait devenu.

MONTMAJOUR.

Quoi !... devenu !... Que serais-je devenu ?...

ANATOLE.

C'est ma sœur qui dit des bêtises... ne faites pas attention.

MONTMAJOUR.

Mais si, mais si... je ferai attention. (A Emma.) Monsieur

votre père m'a écrit que vous étiez importunée par les visites de mon neveu Alfred.

EMMA, vivement.

Je n'ai pas dit cela.

MONTMAJOUR.

Je suis heureux de vous apprendre qu'il va se marier.

EMMA.

Lui!...

ALFRED, se précipitant.

Jamais!... jamais!...

MONTMAJOUR.

Il est ici!

ALFRED.

J'aime mademoiselle Emma et je n'épouserai qu'elle.

MONTMAJOUR.

Taisez-vous!

ALFRED.

Je l'aime!... je l'aime!

MONTMAJOUR.

Vous étiez caché dans un placard.

ALFRED.

Vous étiez bien dans un coffre!

MONTMAJOUR.

Sortons, monsieur.

ALFRED.

Mon oncle!

ANATOLE et EMMA.

Monsieur Montmajour...

MONTMAJOUR.

Sortons et pour toujours... Venez, baron.

## CHŒUR DE SORTIE

### MONTMAJOUR.

Ah! c'est trop d'impudence!
Il se cachait ici,
Mais j'aurai ma vengeance,
Ma vengeance aujourd'hui.

### ALFRED.

Pour elle, quelle offense!
Peut-on partir ainsi?
Adieu, mon espérance,
Il me chasse d'ici.

### EMMA, ANATOLE.

Oh! pour moi, quelle offense!
Peut-on partir ainsi?
Adieu, mon espérance,
On le chasse d'ici.

Montmajour, Alfred et Balagnol sortent par le fond.

# SCÈNE VII

## EMMA, ANATOLE.

### EMMA, pleurant.

Ah! mon Dieu! mon Dieu!... que je suis malheureuse!

### ANATOLE.

Voyons, petite sœur, console-toi; si tu pleures aujourd'hui, tu pleureras toute l'année.

### EMMA.

Oui, je pleurerai toute l'année si je n'épouse pas Alfred!

### ANATOLE.

Tu l'épouseras.

EMMA.

Oh! non! Je sais bien que son oncle ne me trouve pas assez riche...

ANATOLE.

Eh bien, écoute... j'ai trois cents francs d'économies...

EMMA.

Trois cents francs!

ANATOLE.

Nous supplierons papa de nous conduire à Monaco, comme l'hiver dernier, pour la santé de maman; je jouerai et je te gagnerai une dot.

EMMA.

Tu crois?

ANATOLE.

J'ai une veine!

EMMA.

Tu as donc essayé?

ANATOLE.

Oh! oui... et j'ai gagné.

EMMA.

Alors, tu es un joueur?

ANATOLE.

C'est si amusant, la roulette... ça me rend fou rien que d'y penser.

RONDEAU.

Tout autrement on se sent vivre,
C'est la fièvre de l'inconnu.
Ce souvenir encore m'enivre
Depuis que j'en suis revenu. *(Bis.)*

La petite bille d'ivoire,
Qui court sans cesse en bruissant,
Va-t-elle dire : Rouge ou noire?
Chacun attend en frémissant.

2

Tourne, tourne, petite bille,
Tourne, tourne encore longtemps.
Dans tous les yeux la flamme brille,
Et tous les cœurs sont palpitants.

Tourne, car ta course légère
A parfois d'étranges retours;
Car, alors que l'on désespère,
Tu permets d'espérer toujours.

Tout cet or que là-bas on gagne
Doit se semer à pleines mains.
Pays des châteaux en Espagne,
Ouvre-moi tes joyeux chemins.

Au diable, papa, ta défense,
Je veux m'éloigner et j'y cours.
Dieu! que c'est donc gentil, la chance
Volage comme les amours!

A moi, le sourire des femmes
Qui me toisaient avec dédain,
J'ai gagné... n'est-ce pas, mesdames,
Que je ne suis plus un gamin?

Allez... prenez... car j'ai la veine,
Vous ferez bien de vous hâter.
Bon appétit... croque, ma reine,
Car plus tard je saurai compter.

Tout autrement on se sent vivre,
C'est la fièvre,
Etc., etc.

Ne pleure plus, je jure que je ferai sauter la banque.

EMMA.

Voici maman!

## SCÈNE VIII

ANATOLE, EMMA, MADAME MOULINOT,
puis BELGODÈRE,
et LES JEUNES FILLES, puis MOULINOT.


MADAME MOULINOT, entrant.

Mes enfants, je vous la souhaite bonne et heureuse.

Elle les embrasse.

ANATOLE et EMMA.

Nous aussi, maman.

MADAME MOULINOT.

Voici M. Belgodère.

ANATOLE.

Notre professeur d'accordéon.

MADAME MOULINOT.

Qui vient pour la surprise que nous faisons à Moulinot. Ces demoiselles vont lui souhaiter la bonne année avec un chœur composé par M. Belgodère.

ANATOLE.

Oh !

MADAME MOULINOT.

Il a beaucoup de talent, M. Belgodère, et il est si bien comme homme ! (On entend quelques accords d'accordéon.) J'entends son accordéon : entrez, monsieur Belgodère.

BELGODÈRE, entrant.

Voulez-vous permettre ?

MADAME MOULINOT.

Mais c'est un droit aujourd'hui.

Il l'embrasse.

BELGODÈRE.

Et mademoiselle?

MADAME MOULINOT.

Attention! attention! M. Moulinot va entrer. (A Aglaé, Florence et les autres jeunes filles qui sont entrées à la suite de Belgodère.) Placez-vous, mesdemoiselles.

Les jeunes filles se placent sur un seul rang, au fond.

BELGODÈRE.

C'est un chant que j'ai composé pour les concerts de l'Exposition, l'*Hymne des âmes*.

ANATOLE.

Brou!

BELGODÈRE.

Dédié à Richard Wagner.

MADAME MOULINOT.

Voici Moulinot!

Moulinot entre.

BELGODÈRE.

Une! deux!

CHŒUR.

Quand les âmes
Dans les flammes...

BELGODÈRE.

Paroles et musique de ma composition. Une! deux!

REPRISE DU CHŒUR.

Quand les âmes
Dans les flammes...

MOULINOT.

Assez, assez... ma femme, mes enfants, Belgodère, mesdemoiselles, je suis ému de cette démonstration toute spontanée. Une année vient de tomber dans l'oubli. Une autre commence. L'heure est solennelle. Que vous dirai-je? Entrez dans le salon, vous y trouverez toutes un souvenir fragile, mais sincère.

TOUTES.

Vive monsieur Moulinot!

MOULINOT.

Pour vous, Belgodère, ma femme a choisi un vase antique.

BELGODÈRE.

Oh!

MADAME MOULINOT.

Moi, j'aime ce qui est antique. On est sûr que c'est de durée.

BELGODÈRE.

Merci, merci. Une! deux!

Reprise du chœur précédent. Belgodère et les jeunes filles sortent par la gauche en chantant.


# SCÈNE IX

## MOULINOT, MADAME MOULINOT, EMMA, ANATOLE.

MOULINOT, aussitôt qu'ils sont sortis.

Approchez, mes enfants, toi aussi, Eurydice. J'ai de graves résolutions à vous apprendre. Ma fortune a atteint le chiffre que je lui avais assigné, je suis décoré du shah de Perse. Le moment est venu de savourer le plaisir d'être riche. Je vais vendre mon fonds.

EMMA et ANATOLE.

Toi, papa?

EMMA.

Alors, j'aurai une dot.

MADAME MOULINOT.

Est-ce possible, Ernest?

2.

MOULINOT.

On a pu lire hier au soir dans tous les journaux : « A vendre un fonds de plumassier avec jouissance immédiate; s'adresser à Mᵉ Rabutin : facilité de paiements. » Je n'ai plus qu'à vivre heureux en devenant inutile aux autres.

EMMA et ANATOLE.

Ah! tant mieux, papa.

MADAME MOULINOT.

Je rêve, moi, je rêve.

MOULINOT.

A partir de ce jour, nous ne sommes plus dans le commerce, et pour inaugurer notre vie nouvelle, je donnerai des fêtes, j'inviterai le marquis de Hautbourdin.

ANATOLE.

Et nous irons à Monaco?

MOULINOT.

Comme les gens distingués, par le train de plaisir!

ANATOLE et EMMA.

Oh! papa, quel bonheur!

MADAME MOULINOT.

Mais ne joue pas, Ernest, ne te fais pas encore plumer, mon bébé.

MOULINOT.

On ne devrait jamais épouser une femme vulgaire. On ne sait pas comme ça peut devenir gênant à un moment donné. Je songe à être maire de Pessac.

MADAME MOULINOT.

M. Montmajour s'est mis sur les rangs.

MOULINOT.

Je le combattrai. Nous avons malheureusement les mêmes opinions politiques, mais j'en changerai. La mairie me conduira à la députation.

ANATOLE et EMMA.

Toi, papa?

MADAME MOULINOT.

Tu veux être député?

MOULINOT.

Je n'ai plus rien à faire.

MADAME MOULINOT.

Mais il n'y a pas de place vacante.

MOULINOT.

J'en ferai une, je ferai invalider notre député, qui est l'ami de Montmajour. On invalide beaucoup en ce moment. J'ai envoyé une protestation en soixante-quinze paragraphes, tous foudroyants. Je fonde un journal... à Paris, bien entendu.

MADAME MOULINOT.

Toi?

MOULINOT.

Puisque je n'avais plus rien à faire. C'est Belgodère, ton accordéoniste et mon ami, qui a eu cette idée.

MADAME MOULINOT.

Ah! c'est M. Belgodère?

MOULINOT.

J'ai des capitaux, un gérant, un critique musical, Belgodère déjà nommé. Moi, je me suis réservé la direction et l'économie politique.

MADAME MOULINOT.

Pourquoi ne m'en as-tu rien dit?

MOULINOT.

Il aurait fallu t'expliquer la puissance de la presse, à notre époque. Tu n'aurais pas compris. J'hésitais entre deux titres : La *Boussole!* ça a de l'allure, ou... Le *Petit Moulinot!* c'est plus moderne.

ANATOLE et EMMA.

Le *Petit Moulinot!*... C'est gentil!

MOULINOT.

Aussi, est-ce celui-là que j'ai adopté. On est en train de tirer le numéro spécimen, c'est moi qui ai écrit le premier Paris.

MADAME MOULINOT.

Toi!

MOULINOT.

Et sans me vanter, je peux dire que ça y est; écoutez-moi ça. (Tirant un papier de sa poche et lisant.) « Ce que nous » voulons. » C'est le titre. « Le *Petit Moulinot* porte un nom » qui à lui seul est un programme. Fidèle aux opinions » que nous croirons devoir défendre, nous ne combattrons » que celles auxquelles nous serons loyalement hostiles. » Le mensonge n'est souvent qu'une vérité qui avance. La » vérité n'est parfois qu'un mensonge qui retarde. Pas de » parti pris!... Chaque numéro de notre journal affirmera » la ligne que nous aurons cru devoir adopter ce jour-là... » Honte à ceux qui renient le drapeau qu'ils portent, alors » qu'ils pourraient cesser de le porter avant de le renier. » Un œil fixé sur le passé, l'autre sur le présent, nous re-» garderons l'avenir avec vigilance et sérénité. Cette for-» mule résume tout; nous ne ferons donc pas de pro-» messe, nous les tiendrons. La Direction. »

MADAME MOULINOT.

Ernest, tu m'étonnes!

ANATOLE, à part.

C'est flatteur pour papa.

MOULINOT.

J'en étonnerai bien d'autres. J'étais un méconnu... un déclassé dans cette boutique.

Miss Krampton paraît au fond.

## SCÈNE X

LES MÊMES, MISS KRAMPTON.

MISS KRAMPTON.

Monsieur Moulinot?

MADAME MOULINOT.

Une cliente! Madame désire des plumes?

MISS KRAMPTON.

Non. J'ai appris que M. Moulinot fondait un nouveau journal à Paris.

MADAME MOULINOT.

Le *Petit Moulinot* ou la *Boussole*. La *Boussole* ou le *Petit Moulinot*.

MISS KRAMPTON.

C'est vous, monsieur le fondateur?

MOULINOT.

Et directeur gérant... Ernest Moulinot.

MISS KRAMPTON.

Je désirerais vous entretenir un instant.

MOULINOT.

Je suis tout à vous, madame...

MISS KRAMPTON.

Miss... miss Krampton... de New-York.

MOULINOT.

Voulez-vous me laisser avec miss Krampton, de New-York? (A madame Moulinot.) Tu vois déjà la puissance de la presse.

ANATOLE, à part.

Elle est très bien, cette Américaine!

MADAME MOULINOT, à part.

Que peut-elle vouloir à Moulinot?

*Ils sortent.*

# SCÈNE XI

MOULINOT, MISS KRAMPTON, puis BELGODÈRE.

MOULINOT.

Me voici tout à vous, miss.

MISS KRAMPTON.

Monsieur, je suis une femme libre...

MOULINOT.

Ah!... A mon dernier voyage à Paris, j'en ai vu beaucoup... aux Folies-Bergère.

MISS KRAMPTON.

Les Folies-Bergère... Je ne connais pas.

MOULINOT.

Ce charmant promenoir-bosquet
Prouve combien local varie,
Car jadis ce jardin était
Un magasin de literie.
Du reste, à voir l'œil séducteur
Dont en ces lieux on vous transperce,
Il reste pour l'observateur
Des traces de l'ancien commerce.

MISS KRAMPTON.

Oh! ce n'est pas la même chose... moi, mon cher monsieur, je suis une femme libre... Je voyage pour la liberté
des femmes et le nivellement des sexes.

MOULINOT.

Mais il me semble, qu'en France, nous nivelons assez
sous ce rapport-là!

MISS KRAMPTON.

Non... Tant qu'on n'aura pas admis que l'homme et la femme, c'est la même chose...

MOULINOT, galamment.

Nous ne l'admettrons jamais!

MISS KRAMPTON.

Il faudra bien!

MOULINOT.

Avouez qu'il y a au moins une différence?

MISS KRAMPTON.

Nous la supprimerons.

MOULINOT.

Oh! je serai curieux...

MISS KRAMPTON.

Avez-vous des idées arrêtées sur ce sujet?

MOULINOT.

Il me semble que oui...

MISS KRAMPTON.

Êtes-vous ennemi de la femme libre?

MOULINOT.

Au contraire... jamais trop libre!

MISS KRAMPTON.

Vous me soutiendriez?

MOULINOT.

Avec ivresse!

MISS KRAMPTON.

Dans votre journal?

MOULINOT.

J'en ferais un exprès! (A part.) Adorable! Elle est adorable, cette femme libre.

MISS KRAMPTON.

Vous consentiriez à devenir mon moniteur officiel, pendant l'Exposition?

MOULINOT.

Absolument. (Hésitant à lui prendre la taille. — Avec ivresse.) Je ne serais pas fâché de savoir jusqu'où elle tolère la liberté.

MISS KRAMPTON, voyant qu'il tourne autour d'elle.

Oh! vous pouvez... Allez... allez... Pour moi les hommes ne comptent pas.

MOULINOT, à part.

Ah!... ça me déconcerte, ça... (Haut.) Il y a pas mal de femmes qui aiment assez que les hommes ne comptent pas.

MISS KRAMPTON, cherchant dans sa poche.

Où est mon nègre?

MOULINOT.

Est-ce que vous nivelez aussi les nègres?

MISS KRAMPTON.

Certainement. (Tirant un papier de sa poche et le donnant à Moulinot.) Voici le résumé de mon programme.

MOULINOT, après avoir lu.

Ah!... Vous n'irez pas jusque-là...

MISS KRAMPTON.

J'irai! Et encore plus loin si l'on m'y pousse.

MOULINOT.

Comme elle connaît son pouvoir! Comme vous le connaissez...

BELGODÈRE, entrant.

Mon cher monsieur Moulinot...

MOULINOT, vexé.

Imbécile!

MISS KRAMPTON.

Alors, ça ne vous effraie pas?

MOULINOT.

Rien ne m'effraie, vous pouvez compter sur moi et sur l'immense publicité dont je vais disposer. Nous nous reverrons?

MISS KRAMPTON.

A l'Exposition.

MOULINOT.

Mais avant?

MISS KRAMPTON.

Je suis descendue à l'hôtel de France. Je vous laisse mon programme. Oui, monsieur, plus loin encore si l'on m'y pousse.

Elle sort.

MOULINOT, à part.

Elle est divine... Elle est divine!... Mais son programme... Sapristi!...

BELGODÈRE.

J'ai pensé que pour le premier numéro du journal, une symphonie en si bémol, avec trois dièzes à la clef, dédiée à madame Moulinot, plairait à vos abonnés.

MOULINOT.

Pour le second numéro, Belgodère; le premier est fait.

BELGODÈRE.

Déjà?

MOULINOT, à part.

Cette Américaine est adorable, je vais en rêver... Oh! la puissance de la presse!...

Montmajour entre, suivi d'Alfred.

## SCÈNE XII

LES MÊMES, MONTMAJOUR, ALFRED,
MADAME MOULINOT, EMMA, ANATOLE, LES
JEUNES FILLES.

MOULINOT.

Monsieur Montmajour! Chez moi!

EMMA, à part.

Alfred! qui revient!

MONTMAJOUR.

Votre fonds était à vendre, monsieur; je l'ai acheté.

MADAME MOULINOT.

Acheté!

MOULINOT.

Vous?

MONTMAJOUR, montrant un journal.

Jouissance immédiate. Je suis chez moi.

MOULINOT, ahuri.

Comment, monsieur?... Oui, vous êtes chez vous.

EMMA.

Alors maintenant, monsieur Alfred?...

MOULINOT.

Tais-toi.

EMMA.

Puisque son oncle... mets-moi dans le marché.

MOULINOT.

Je ne te donnerai jamais au neveu d'un plumassier.

MONTMAJOUR.

Voici le contrat. J'achète le fonds, la clientèle, le magasin et tout ce qu'il renferme présentement.

MOULINOT.

Soit, monsieur, mais je me suis réservé mon portrait en plumes de pigeon. (A part.) Une décoration de plus, ça ne nuit jamais.

MONTMAJOUR.

Tout ce qui est dans le magasin.

MOULINOT.

Précisément, il n'y est pas.

MONTMAJOUR, le prenant.

Il y est!

MOULINOT.

Hein... quoi!... qui l'a porté ici?... Je suis volé!

MONTMAJOUR, aux jeunes filles qui entrent à ce moment.

Mesdemoiselles, saluez votre nouveau patron.

TOUTES.

Ah!

MOULINOT.

Viens, Eurydice... venez, mes enfants!... Je vous cède la place. A moi l'indépendance et le high-life!... Et pour commencer, je vous paie à toutes l'Exposition!

TOUTES.

Ah! quel bonheur!... Vive M. Moulinot!

MOULINOT.

Homme du monde, allons, commence,
Et toi, boutiquier, c'est fini.

MADAME MOULINOT, se montrant.

Votre conseil de surveillance
Vous suivra, monsieur mon mari.

### MONTMAJOUR.

Cette Exposition m'assure
Et fortune et célébrité.

### EMMA.

Mon petit Alfred, ta future
Te gardera fidélité.

### ANATOLE.

On verra comment j'inaugure
L'an premier de ma liberté.

### AGLAÉ.

Malheur à celui que je pince
Dans ce grand galop général.

### FLORENCE.

On va donc, loin de la province,
Faire valoir son capital.

### ENSEMBLE

Dans le tourbillon entraînée,
Tu nous feras toucher au but.
Salut à toi, nouvelle année,
Nouvelle année, à toi salut!

# ACTE DEUXIÈME

---

## DEUXIÈME TABLEAU

### A L'EXPOSITION, DEVANT LE PAVILLON ALGÉRIEN

A droite, le buffet des Javanaises. — A gauche, un fauteuil. —
Guérite en osier.

---

## SCÈNE PREMIÈRE

### VALENTIN, HERMANCE, VIRGINIE, puis ALFRED.

Valentin installé à droite. — Sur une petite table, un débit de bois-
sons servi par deux femmes en costume de Brésilienne et de Javanaise. Plusieurs messieurs se promènent avec agitation. — Visiteurs de toutes nations.

### CHŒUR.

Allons! gaîment flânons, promenons-nous,
Pendant toute la journée
Promenons-nous gaiement bras d'ssus, bras d'ssous;
Des plaisirs c'est l'année,
Allons! gaîment promenons-nous,
Promenons-nous bras d'ssus bras d'ssous.

LE MARCHAND, criant.

Le *Petit Moulinot*, un sou! Le *Petit Moulinot!* Je n'ai pas pu en vendre un. Le *Petit Moulinot!*

Il disparaît.

VALENTIN, criant.

Le *Callou de Java* authentique, voyez la *Javanaise!*

VIRGINIE, criant.

Avachavetavez Cavalavou.

PREMIER MONSIEUR, très-agité.

Un bock!

VALENTIN.

Et los pinsantados brésilianos authentiques, voyez la Brésilienne.

HERMANCE, criant.

Pinsantados brésilianos!

DEUXIÈME MONSIEUR.

Un bock!

REPRISE DU CHŒUR.

Pendant ce qui précède, Valentin introduit des petits papiers dans la poche de quelques visiteurs, sans que ceux-ci s'en aperçoivent. — A ce moment, il va pour en glisser un dans la poche d'Alfred, qui vient d'entrer.

ALFRED, se retournant vivement.

Qu'est-ce que c'est?... Tiens, Valentin!

VALENTIN.

Monsieur Alfred !

ALFRED.

Valentin, je suis amoureux.

La scène se vide peu à peu, bientôt il ne reste plus que Valentin, Alfred et les deux femmes au comptoir.

VALENTIN.

De quelqu'un en particulier?

ALFRED.

D'une jeune fille adorable que ses parents m'empêchent de voir. — Que fais-tu en ce moment?

VALENTIN, montrant son comptoir.

Vous voyez.

ALFRED.

Tu n'emploies pas de garçon?

VALENTIN.

Je n'emploie que des étrangères variées.

ALFRED.

Je ne peux pas me déguiser en femme. — Et les affaires vont?

VALENTIN.

J'avais un hôtel meublé admirable. Il était élastique. Je le vends à deux cents pour cent de bénéfice, j'achète des fonds turcs pas cher, ça me faisait cent mille francs de rente... si l'on m'avait payé!

ALFRED.

Si?...

VALENTIN.

Je comptais sur l'heureuse influence du congrès de la paix, pour le désarmement général.

ALFRED.

Le congrès de la paix, tu coupes dans ces machines-là, toi?...

VALENTIN.

Dame! ce qu'il y a de sûr, c'est que j'ai été ruiné... j'apprends alors qu'on veut augmenter le nombre des buffets à l'Exposition. Je me présente avec des plans gigantesques, on me concède un mètre carré dans ce coin. Je ne me décourage pas, j'invente le callou javanais et les pimentados brésilianos.

ALFRED.

Consomme-t-on ta marchandise?

VALENTIN.

Ce sont mes marchandes que l'on consomme; il faudra, si ça continue, que je leur demande un cautionnement. (A Virginie, qu'un monsieur lutine.) Hé! là-bas! Voilà comme ça se passe... mais je m'ingénie... De quatre à six, j'ai des divertissements cosmopolites : chanteurs suédois, musiciens de je ne sais où, une Américaine qui prêche l'émancipation du beau sexe.

VIRGINIE, criant.

Cavalavou avachavetavez !

PREMIER MONSIEUR, tenant un papier à la main.

Un bock!

Il boit et se promène au fond avec un air sombre.

HERMANCE, criant.

Pimentados brésilianos.

DEUXIÈME MONSIEUR, même jeu.

Un bock!

Les deux hommes se promènent au fond, — ils consultent le papier qu'ils tiennent à la main, — regardent le pavillon algérien en ayant l'air de dire: c'est bien ici! — puis, se remettent à marcher fiévreusement. — Chaque fois qu'ils se croisent, ils s'observent avec défiance.

ALFRED.

Mais les bocks ne vont pas mal.

VALENTIN.

Admirablement les bocks, j'ai un truc!

ALFRED.

Un truc?

VALENTIN.

⌐ Entre nous, je prends quelques adresses d'étrangers importants, des provinciaux surtout, et je leur envoie discrètement un billet avec ces seuls mots : « Votre femme vous trompe... promenez-vous devant le pavillon algérien, de onze heures à midi... »

ALFRED.

Ah bah !

VALENTIN.

« Ou de midi à une heure, de une heure à deux... »

ALFRED.

Alors ces messieurs ?...

VALENTIN.

Oui, la jalousie, c'est infaillible ; on accourt furieux ; on attend en se promenant avec rage, on a la fièvre, la fièvre altère et...

LES DEUX MESSIEURS, se précipitant au comptoir.

Un bock !

VALENTIN.

Vous voyez.

ALFRED.

C'est très ingénieux.

Les deux messieurs partent.

VALENTIN.

Vous ne prenez rien ?

LA JAVANAISE.

Lave cavalavou ?

VALENTIN.

Je ne conseille pas.

LA BRÉSILIENNE.

Pimentados brésilianos ?

VALENTIN.

Je ne conseille pas non plus.

ALFRED.

Eh bien ! un bock ?

3.

VALENTIN.

C'est le plus sûr, et encore!

ALFRED.

J'ai du courage. Je viens de faire mon volontariat.

*Il boit un bock.*

# SCÈNE II

### LES MÊMES, MONTMAJOUR.

MONTMAJOUR, préoccupé, lisant.

« Votre femme vous trompe, promenez-vous de deux
» à trois heures devant le pavillon algérien. »

ALFRED.

Mon oncle! mon oncle aussi!

VALENTIN.

Dame, vous savez, c'est le hasard.

ALFRED.

Oh! oh! oh! mon pauvre oncle!

MONTMAJOUR.

Un bock!

*Il boit et disparaît avec Valentin, par la droite.*

ALFRED, riant en se cachant.

Oh! oh!

# SCÈNE III

### HAUTBOURDIN, BALAGNOL.

HAUTBOURDIN, arrivant par la droite, et apercevant Balagnol qui
arrive par la gauche.

Le baron de Balagnol!

BALAGNOL.

Le marquis de Hautbourdin! (Ils se donnent une poignée de main.) Vous êtes venu, vous aussi, rendre visite à l'Exposition ?

HAUTBOURDIN.

J'y mets le pied pour la première fois. Encore est-ce parce que j'y ai donné un rendez-vous.

BALAGNOL.

Toujours le même. Je gage que depuis que vous êtes à Paris vous ne vous occupez que des petites dames?

HAUTBOURDIN.

Pas d'autre chose, et vous?

BALAGNOL.

Moi, mon bon, je veux tout voir.

HAUTBOURDIN.

Et les femmes?

BALAGNOL.

Oh! les femmes! Le matin je donne volontiers un rendez-vous [pour le soir... mais le soir... l'Exposition m'a téllement éreinté que...

HAUTBOURDIN.

Je vois d'ici la situation. (Avec orgueil.) Une situation dans laquelle la beauté ne trouvera jamais Anacharsis de Hautbourdin.

BALAGNOL.

Alors les femmes vous empêchent de voir l'Exposition?

HAUTBOURDIN.

Et vous... l'Exposition vous empêche de voir... (Il le pousse du coude en riant.) Aïe!...

BALAGNOL.

Qu'avez-vous?

HAUTBOURDIN.

C'est mon diable de trente-cinq francs qui vient de craquer.

BALAGNOL.

Ah! Vous vous êtes fait pincer commme moi?

HAUTBOURDIN.

Bah! vous aussi? (A part.) Je n'en suis pas fâché.

BALAGNOL.

Bien que n'ayant pas la coutume
De mordre à de tels hameçons,
Trente-cinq francs tout le costume,
Habit, gilet et pantalon,
Je me dis : Tant pis! essayons!
Après huit jours, il ne me reste
Que des loques aux trous béants.

HAUTBOURDIN.

En somme, ce n'est qu'une veste
Qu'on a pour ses trente-cinq francs.

BALAGNOL.

Ce qui me désole, c'est que je file une aventure.

HAUTBOURDIN.

La petite Montmajour?

BALAGNOL.

Vous la connaissez?

HAUTBOURDIN.

Oui, je l'ai vue à Pessac... Moi, mon cher, toujours frais et dispos, je vole de fleur en fleur. Tenez, hier au soir... c'est même très drôle... j'avais un rendez-vous aimable. J'avais discrètement choisi l'endroit le plus désert de Paris à ces heures-là, du moins à mon dernier voyage, le square de la place de la Bourse. J'y trouve cinq cents personnes attroupées.

BALAGNOL, riant.

Ah! ah! ah! la petite bourse qu'on y a transportée.

HAUTBOURDIN.

Justement, cela paraît même faire un certain plaisir aux marronniers de l'endroit.

> Depuis que les boursiers proscrits
> Ont transféré leur promenade
> Sous les marronniers rabougris
> Bordant l'antique colonnade,
> Ces arbres, piteux autrefois,
> Semblent porter leurs têtes hautes;
> C'est qu'ils se prennent pour un bois
> En regardant leurs nouveaux hôtes.

BALAGNOL.

Très-joli!

HAUTBOURDIN.

Oui, j'ai le mot!... Mais malgré cela, voulez-vous que je vous dise, mon cher, cette Exposition ne vaut pas celle de 67.

BALAGNOL.

Comment?

HAUTBOURDIN.

Non, en 67 les femmes me traitaient mieux.

BALAGNOL.

C'est que vous avez peut-être vieilli.

HAUTBOURDIN.

Vieilli ! pourquoi aurais-je... (Aglaé passe au fond.) Oh! la jolie blonde!... Vous allez voir si j'ai l'air d'un homme qui a vieilli.

Il s'élance sur la pointe du pied à la poursuite d'Aglaé

BALAGNOL.

Ce pauvre marquis... Enfin... (Tirant sa montre.) Églantine doit m'attendre. Il faut absolument que j'y aille.

Il sort à droite en bâillant et en se détirant.

## SCÈNE IV

### MONTMAJOUR, VALENTIN.

MONTMAJOUR, à Valentin, qui est revenu à son comptoir.

Vous n'avez pas vu une femme jeune et belle?... Tiens, Valentin, mon ancien hôtelier !

VALENTIN.

Hélas!... Valentin pour vous servir.

MONTMAJOUR.

Ah! mon ami! Voilà ce que j'ai reçu : « Votre femme vous trompe... »

VALENTIN.

Vraiment, c'est bien fait pour altérer... (Se reprenant.) pour émouvoir.

MONTMAJOUR.

Je dégustais, je suis membre du jury de dégustation. Je dégustais depuis trois heures quand j'ai trouvé dans ma poche ce fatal billet. (S'interrompant et prenant un calepin.) Valentin, Adolphe Valentin! Vous avez demandé les Suédois.

VALENTIN.

J'ai écrit à l'entrepreneur.

MONTMAJOUR.

C'est moi... j'ai acheté l'entreprise... j'entreprends tout... et je ne réussis à rien... j'ai expédié à un prince étranger son portrait en plumes de pigeon, il aurait dû riposter par la croix de son pays, c'est élémentaire. Il m'a envoyé un lapin de sa chasse. J'ai exposé le lapin et j'ai mis : Refusé. (Changeant de ton.) Vous aurez vos Suédois. Oh! ma femme! ma femme! avec le baron!

VALENTIN, à part

Sapristi! J'ai rencontré juste.

MONTMAJOUR.

Le baron avec ma femme!

VALENTIN.

C'est une erreur... croyez bien que...

MONTMAJOUR.

Je vais me cacher dans cette guérite.

VALENTIN.

Ne faites pas ça!

MONTMAJOUR, s'asseyant dans le fauteuil.

Et vous resterez avec moi... vous les préviendriez... chut! silence! pas un mot.

# SCÈNE V

## LES MÊMES, BALAGNOL, ÉGLANTINE.

BALAGNOL, entrant par la droite avec Églantine.

Ne vous étonnez pas si j'ai l'air un peu fatigué, je suis moulu.

ÉGLANTINE.

Comme toujours... vous me proposez une partie de plaisir...

BALAGNOL.

Oui.

MONTMAJOUR, furieux.

Oh!

VALENTIN, le retenant.

Calmez-vous!

ÉGLANTINE.

Pendant que mon mari est au jury de dégustation.

Même jeu de Montmajour ét de Valentin.

BALAGNOL.

Et je vous conduis à l'Exposition .

ÉGLANTINE.

Pour me montrer les insectes nuisibles.

BALAGNOL.

C'est très-curieux. (Il l'embrasse.) Maintenant nous allons à la classe 37. Cuirs et peaux, très intéressant.

ÉGLANTINE, à part.

S'il n'a pas autre chose pour m'intéresser...

BALAGNOL.

De là nous irons voir la machine à fabriquer la glace.

MONTMAJOUR, courant à eux.

Ob!

ÉGLANTINE.

Mon mari!

BALAGNOL.

Montmajour!

MONTMAJOUR.

Laissez-moi vous embrasser, je vous méconnaissais.

BALAGNOL et ÉGLANTINE.

Comment?

MONTMAJOUR, montrant son papier.

Voilà ce que j'ai reçu.

BALAGNOL et ÉGLANTINE.

Oh !

MONTMAJOUR.

Et vous prenez ma femme pour lui montrer les machines à fabriquer la glace. Vous ne vous occupez avec elle que de réfrigérants. C'est d'un ami, c'est d'un véritable ami.

BALAGNOL.

Et vous avez cru...?

ÉGLANTINE.

Vous avez pu croire...?

MONTMAJOUR.

Non, non, je n'ai pas cru précisément... Seulement... ce coquin de billet est arrivé dans un mauvais moment. Je dégustais et quand je déguste, je suis consciencieux, moi, j'ingurgite.

BALAGNOL.

Sapristi !

MONTMAJOUR.

Des conserves sur des foies gras, des foies gras sur des sardines et des sardines sur du lait de cavale hottentote, du lait de cavale sur du bœuf d'Australie, le bœuf sur l'huile, l'huile sur le vin, tous les vins, tous. J'ai trop dégusté.

ÉGLANTINE.

Vous souffrez, mon ami?

MONTMAJOUR.

Un peu.

BALAGNOL.

Ce bon Montmajour. .

MONTMAJOUR, regardant à gauche.

Baron! retenez-moi!

LE BARON et ÉGLANTINE.

Quoi?

MONTMAJOUR.

Baron! il va se passer des choses terribles... Cet homme qui s'avance...

BALAGNOL.

C'est M. Moulinot.

MONTMAJOUR.

Cet homme m'a vilipendé dans sa feuille de chou...

BALAGNOL.

Calmez-vous.

ÉGLANTINE.

Calme-toi!

MONTMAJOUR.

Me calmer! (Changeant de ton.) Oui, vous avez raison. Il faut que je me calme.

BALAGNOL.

Emmenons-le.

ÉGLANTINE.

Oui, venez, mon ami.

Ils sortent par la droite.

# SCÈNE VI

VALENTIN, MOULINOT, MADAME MOULINOT, BELGODÈRE, EMMA, LE MARCHAND DE JOURNAUX.

MOULINOT, entrant par la gauche.

Je suis ébloui!... Je le suis, mes enfants. Devant ces admirables produits de la civilisation... le premier devoir est de se recueillir... recueillons-nous...

MADAME MOULINOT.

Oui, Ernest.

EMMA.

Oui, papa.

BELGODÈRE.

Oui, monsieur Moulinot.

MOULINOT.

Les pensées me viennent en foule... seulement je ne peux plus les exprimer que la plume à la main depuis que j'ai un journal, mais elles me viennent en foule.

MADAME MOULINOT.

Moi, je regrette qu'Anatole ne soit pas là !

MOULINOT.

Pour le recueillement... Tu as raison, mais Anatole m'a demandé l'autorisation d'aller faire avec quelques lycéens un pèlerinage au pavillon d'Ermenonville, un restaurant fondé jadis par Jean-Jacques Rousseau. Je ne pouvais qu'approuver cette pieuse pensée. (A part.) Miss Krampton m'attend à deux heures au restaurant belge, je ne sais comment m'échapper.

UN MARCHAND DE JOURNAUX, criant.

Le *Petit Moulinot !* à un sou ! Nouveau journal... vient de paraître, à un sou.

MOULINOT.

Donnez !

LE MARCHAND.

Avec la *Plainte du Bulgare*, élan national pour huit accordéons, du célèbre compositeur Belgodère.

BELGODÈRE.

La voilà, la gloire, la voilà !

MOULINOT.

Oui, la voilà !

LE MARCHAND.

Le *Petit Moulinot !* A un sou !

MOULINOT.

Donnez ! Achète, Eurydice.

MADAME MOULINOT.

Achète aussi, Emma, c'est de ton père.

EMMA.

Oui, maman.

BELGODÈRE.

Donnez.

LE MARCHAND.

Le *Petit Moulinot!* A un sou! Nouveau journal... vient de paraître!

MOULINOT.

. Encore un! (Lisant.) On y fait mon éloge.

MADAME MOULINOT.

Mais, Ernest, puisque c'est toi!...

MOULINOT.

C'est égal!... ça vous remue tout de même!

BELGODÈRE, lisant.

« Notre illustre Belgodère, que Wagner lui-même n'a pu comprendre, une âme dans un accordéon, un accordéon dans une âme. » Voilà comme on me juge.

MOULINOT.

Mais c'est vous...

BELGODÈRE.

Qui peut me connaître mieux que moi-même?

MOULINOT, avec dédain.

Vanité des artistes! (Lisant.) « Ce n'est pas à nous qu'il appartient de parler de M. Moulinot. » Voilà qui est modeste. « Cet homme éminent, cet esprit supérieur, cette vaste intelligence...» Ce sont des faits... « qui manque à la chambre.» Encore un fait! Il est évident que j'y manque, puisque je n'y suis pas. (Poussant un cri.) Eurydice!... Euryd...

MADAME MOULINOT.

Moulinot!

EMMA.

Papa!

BELGODÈRE.

Mon cher directeur et gérant !

MOULINOT, avec joie.

Mon journal, mon propre journal m'apprend que l'ami de Montmajour a été invalidé !

MADAME MOULINOT, EMMA, BELGODÈRE.

Ah !

MOULINOT.

Comme une lettre à la poste. V'lan !... Je n'ai plus qu'à poser ma candidature et à répandre le *Petit Moulinot*. (Au marchand.) Crie donc, toi... crie donc...

Il lui donne un coup de pied.

LE MARCHAND.

Le *Petit Moulinot !* A un sou !

MOULINOT, avec importance.

Donnez !

A ce moment un Arabe passe majestueusement au fond.


# SCÈNE VII

### LES MÊMES, HAUTBOURDIN, AGLAÉ.


EMMA, regardant à droite.

Maman, c'est Aglaé !

MOULINOT, à part.

Aglaé, c'est pourtant moi qui l'ai lancée.

BELGODÈRE.

Elle est avec le marquis de Hautbourdin.

MOULINOT.

Un de mes électeurs. Le châtelain de Pessac. Ne le regardons pas, ça le gênerait et il m'en voudrait. Lisons le journal.

Ils lisent tous.

AGLAÉ, entrant au bras de Hautbourdin.

Par ici.

HAUTBOURDIN.

Voyons, Aglaé, vous n'allez pas m'obliger à suivre ces
Bédouins.

AGLAÉ.

Ils sont superbes.

HAUTBOURDIN.

Ils sont très laids, des figures ravagées!

AGLAÉ.

C'est ça qui a du cachet!

HAUTBOURDIN.

Le cachet jaune! Tandis que nous...

AGLAÉ.

Vous n'allez pas vous comparer à eux, bien sûr!

HAUTBOURDIN.

Mais si, mais si... au contraire, je veux me comparer.

Il l'entraîne.

MOULINOT, au marchand de journaux.

Mais crie, crie donc...

LE MARCHAND.

Le *Petit Moulinot!* A un sou!

MOULINOT.

Offre à ce monsieur.

LE MARCHAND, revenant.

Il n'en a pas voulu.

MOULINOT.

Mets-lui en un dans sa poche. Il verra ce qu'on pense
de moi. (Valentin revient avec ses marchandes. — Moulinot avec so-
lennité.) Eurydice, Emma, Belgodère. Je regrette de ne pas
avoir Anatole. A dater de ce moment je ne m'appartiens
plus, j'appartiens à la France.

MADAME MOULINOT.

Ça te fera tourner la tête, mon bébé.

MOULINOT, à part.

Qu'on a tort d'épouser des femmes vulgaires! Mais j'ai rendez-vous avec miss Krampton. Ne puis-je donner encore un jour au plaisir? Je le puis. (Haut.) N'es-tu pas fatiguée, Eurydice?

BELGODÈRE, vivement.

Ces dames m'ont promis de venir m'entendre. Je rêve à trois heures à la section russe.

MOULINOT.

Très bien! Je vous confie à Belgodère : moi, je vais corriger les épreuves de mon journal. (A part.) Miss Krampton m'attend au pavillon belge! J'étais né pour le vice, moi, chacun sa vocation.

VALENTIN.

Il s'en va sans rien prendre.

Il lui glisse un papier dans sa poche.

MOULINOT.

Mais je n'aurai plus que de nobles ambitions à partir de lundi.

Il sort vivement.

EMMA, à part, cherchant du regard.

Je n'aperçois pas Alfred.

MADAME MOULINOT, à Belgodère.

Moulinot corrige ses épreuves, jour et nuit, je ne le vois plus.

BELGODÈRE, tendrement.

Je ne m'en plains pas!

MOULINOT.

Elphège!

BELGODÈRE.

N'avez-vous pas compris mon silence?

MADAME MOULINOT.

N'abusez pas de ma faiblesse. La vie de Paris me surexcite et me trouble.

LE MARCHAND.

Le *Petit Moulinot*, avec la *Plainte du Bulgare!* Élan national!

BELGODÈRE.

Non! Ce n'est pas la plainte du Bulgare, c'est la mienne. Non, ce n'est pas un élan national, c'est un élan intime.

MADAME MOULINOT, troublée.

Ne t'éloigne pas, Emma, nous allons à l'aquarium.

BELGODÈRE.

Comment! Quand je dois rêver de trois à quatre heures à la section russe.

MADAME MOULINOT.

Je n'irai pas: quand vous jouez, vous dégagez un fluide!

BELGODÈRE.

Eh bien!

MADAME MOULINOT.

Eh bien, j'ai un mari!

BELGODÈRE.

Raison de plus.

MADAME MOULINOT.

Ne t'éloigne pas, Emma.

BELGODÈRE.

Eurydice!

MADAME MOULINOT, très troublée.

Elphège!.. Ma fille, allons à l'aquarium.

BELGODÈRE.

Mais... (Madame Moulinot le regarde sévèrement et sort vivement avec Emma par la droite.) O désespoir!

Il sort par la gauche. — Musique.

VALENTIN.

Il n'a rien pris, non plus, le musicien, il me le paiera; mais criez donc, vous autres, criez donc!

VIRGINIE, criant.

Cavallavou !

HERMANCE, criant.

Pimentados brésilianos !

Ritournelle.

VIRGINIE.

Oh ! M. Anatole !

HERMANCE.

En canotier !

VALENTIN, regardant les servantes qui l'entourent.

Bon ! Ça recommence.


# SCÈNE VIII

VALENTIN, ANATOLE, TATINE, POPOTTE, AGLAÉ,
HERMANCE, VIRGINIE.


Anatole entre en canotier. — Entrent Popotte et Tatine en Hollandaises.

ANATOLE.

Oui, mes petites chattes, oui ! J'ai lâché papa, et je suis
de la grande régate internationale, qui va avoir lieu tout
à l'heure.

TATINE.

Voyez-vous le petit vaurien !

POPOTTE.

Ce costume de canotier le rend plus gentil encore !

TATINE.

On mordrait dedans.

ANATOLE.

Je peux dire que je m'en paie de l'agrément.

POPOTTE.

Ça aime déjà à canoter.

4

ANATOLE.

Oh! ce n'est pas le canotage que j'aime, c'est Paris, les femmes, le boulevard.

RONDEAU.

Vive Paris en fête,
Dans sa grande toilette!
Vive le boulevard
Où l'on flâne au hasard!

Au milieu de la foule
Qui, rieuse, s'écoule,
On trouve à chaque pas
Ce qu'on ne cherchait pas.

La boutique coquette,
Où le badaud s'arrête,
Par son luxe pimpant
Fait de l'œil au passant.

Une femme regarde:
Son mari, qu'elle attarde,
Gronde d'un air grognon;
Fi! le vilain bougon!

Ce bracelet l'effraie
Pour son porte-monnaie;
S'il ne veut pas payer
Pourquoi se marier?

Là-bas sur une piste,
Courant à l'improviste,
Ce bon vieux, captivé,
Croit que c'est arrivé.

Pourquoi pas? le pauvre homme!
L'illusion, en somme,
Rend à ses soixante ans
Une heure de printemps.

Descendant de voiture
Avec désinvolture,
La cocotte, en entrant
Dans ce grand restaurant,

Au gommeux qui derrière
La suit la mine fière,
Dit : Alfred !... Allons, bon !
Elle confond le nom !

C'est Ernest qu'il s'appelle,
La mémoire est rebelle,
On a la tête en l'air ;
Alfred, c'était hier !

Après la comédie
Voici la tragédie,
Qui vient sourcil froncé,
Car le Russe a baissé.

Mais à chacun son heure ;
Après ce Jean qui pleure,
Jean qui rit s'avançant
Bénit le cinq pour cent.

Amusante cohue,
C'est ici la revue
Des deux mondes mêlés,
Emportés, bousculés.

Comme au millionnaire,
A toi, mon triste hère,
Qui ne possèdes rien,
Le trottoir appartient.

Tout s'anime, tout grouille,
Des voitures s'embrouille.
Panorama nouveau,
Le mouvant écheveau.

Seule, en montrant sa jambe,
La Parisienne ingambe
Sait trottiner ainsi,
O macadam ! merci !

Vive Paris en fête !
Dans sa grande toilette,
Vive le boulevard
Où l'on flâne au hasard !

TATINE.

Est-il amusant!

POPOTTE.

Il n'y a plus d'enfants.

TATINE.

Tu voudrais peut-être faire son éducation?

POPOTTE.

Apprenez, mademoiselle...

ANATOLE.

Ne vous disputez pas... Si ça vous fait plaisir, j'aurai des préférences pour toutes, oui, mes chéries. Mais vous êtes donc étrangères, maintenant?

TATINE et POPOTTE.

Hollandaises.

VIRGINIE.

Javanaise.

HERMANCE.

Brésilienne.

POPOTTE.

Jusqu'à quatre heures.

TATINE.

A quatre heures, nous serons des étudiants suédois.

ANATOLE.

Des étudiants?

HERMANCE.

Nous serons des hommes.

VIRGINIE.

Les vrais ne sont pas assez jolis.

ANATOLE.

Et vous croyez qu'on s'y trompera?

VIRGINIE.

J'espère bien que non.

ANATOLE.

A la bonne heure!


## SCÈNE IX

LES MÊMES, MONTMAJOUR.

MONTMAJOUR.

Mes étudiants? Je cours après mes étudiants. Je vous prie, jeune homme, de ne pas m'enlever mes étudiants.

ANATOLE.

Et moi, je vous prie de me laisser tranquille quand je suis avec des dames.

MONTMAJOUR.

Tiens, c'est le fils Moulinot... il va bien, le fils Moulinot.

ANATOLE.

Je vous prie de ne pas rire, vous.

MONTMAJOUR.

Gamin!

ANATOLE.

Vous me rendrez raison !

MONTMAJOUR.

J' t'écoute. Va te faire sevrer. Il me manque Aglaé!... Aglaé qui est le chef de fanfare.

POPOTTE.

Elle se promène avec le marquis de Hautbourdin.

TATINE.

En Parisienne!... Elle, pas bête!... Les gens chics n'aiment que les Parisiennes. Demain je me réintègre dans mon costume national, mais un costume à tout casser.

4.

POPOTTE.

Moi aussi.

VIRGINIE et HERMANCE.

Moi aussi.

ANATOLE.

Elles ont raison !

MONTMAJOUR.

Une révolte !

ANATOLE.

Rien ne vaut la Parisienne !

MONTMAJOUR.

Rappelez-vous que ce soir vous êtes des Suédois... et
que vous devez être calmes à cause du climat. Baissez les
yeux.

ANATOLE, au fond.

La voilà, votre Aglaé, avec le marquis.

POPOTTE.

Rien que ça de pose !

MONTMAJOUR.

Allez vous apprêter.

Elles sortent.

ANATOLE, à part.

Est-il heureux, ce marquis! Ces petites-là me traitent en
gamin, il faut absolument que je trouve une femme qui
me prenne au sérieux.

Il sort.

## SCÈNE X

### MONTMAJOUR, HAUTBOURDIN, AGLAÉ,
#### puis LE MARCHAND DE CHIENS.

HAUTBOURDIN, revenant avec Aglaé.

Aglaé, tu es partiale.

AGLAÉ, en le quittant.

Quel rasoir!

HAUTBOURDIN.

Voilà comme on me traite en 1878, et vous voulez que j'aime cette Exposition!

MONTMAJOUR, à Aglaé.

A quatre heures, en Suédois, chef de fanfare.

AGLAÉ.

Soyez tranquille, je vais le lâcher.

MONTMAJOUR.

Très bien, je suis tranquille.

Il sort.

HAUTBOURDIN, au public.

Et vous voulez que je l'aime!

AGLAÉ, revenant à lui.

Je vous dis qu'ils sont superbes, ces cheiks arabes.

HAUTBOURDIN.

Elle y tient! Moi, j'aime mieux les Tziganes du concert de l'Orangerie... Je t'amènerai ce soir voir les Tziganes.

AGLAÉ.

Il est mort, le concert de l'Orangerie.

HAUTBOURDIN.

Il est mort? Dame! aux Tuileries, les tuiles étaient à prévoir. Eh bien, ils doivent être ailleurs, les Tziganes.

AGLAÉ.

Ça n'a pas le chic des Arabes.

HAUTBOURDIN.-

Allons donc! D'abord tu n'as pas de goût. Quand on
porte un chapeau comme le tien... On devrait savoir se
coiffer quand on coiffe si bien les autres.

AGLAÉ.

Dites-moi des choses désagréables, à présent.

HAUTBOURDIN.

Ne te fâche pas, faisons la paix.

AGLAÉ.

Eh bien! achetez-moi un chien.

HAUTBOURDIN.

Hein?

LE MARCHAND, s'avançant.

C'est mon dernier... Trois cents francs, le chien et le
collier. Nouveau collier breveté, avec l'adresse prescrite
par la préfecture de police, l'écriteau-adresse...

AGLAÉ.

Tiens, c'est gentil, ça, voyez donc.

LE MARCHAND.

Je ne puis pas suffire aux commandes de ces dames!

Pendant ce temps-là, une autre dame assise envoie un autre chien
faire le beau devant Hautbourdin.

HAUTBOURDIN.

Tiens! tiens! tiens! (Le chien va à lui; il lui donne du sucre et
lit sur le collier.) « Madame d'Alida... » Ah! oui, l'utilité du
collier; comme elles sont ingénieuses, ces Parisiennes! «Madame d'Alida, rue des Martyrs, 175, au troisième, porte
à gauche. » Comme ça, on n'a pas besoin de donner sa
carte!

J'admire fort ce nouveau procédé;
Il est vraiment plein de malice.

En arborant l'écriteau demandé
    Dans les règlements de police,
Du même coup on renseigne d'un mot
    Par un collier de cette sorte ;
En le voyant, on se dit aussitôt:
    Ce doit être un chien qui rapporte.


## SCÈNE XI

#### Les Mêmes, FLORENCE.


###### HAUTBOURDIN.

Eh bien! Aglaé! Elle a disparu. (Regardant à gauche.) Elle
suit le Bédouin avec le chien que j'ai payé. (Florence entre.)
Ah! son amie, sa petite amie! je vais la remplacer, je suis
partisan du renouvellement partiel, moi. Mademoiselle
Florence?

###### FLORENCE.

De Saint-Aluminium.

###### HAUTBOURDIN.

Vous ne me reconnaissez pas ?

###### FLORENCE.

Ah! si, tiens, je vous ai vu avec Aglaé. Mon cher, je
suis furieuse.

###### HAUTBOURDIN, étonné.

Pourquoi?

###### FLORENCE.

J'allais épouser un Anglais très riche, quand cet idiot
a demandé à être présenté à mon père!

###### HAUTBOURDIN.

On est toujours sûr de trouver un père, en y mettant le
prix.

FLORENCE.

J'en avais prévenu deux, pour être sûre d'en avoir un :
ils sont venus ensemble.

HAUTBOURDIN.

Pas de chance.

FLORENCE.

Achetez-moi donc un petit chien.

LE MARCHAND.

C'est mon dernier... trois cents francs... le chien et le
collier...

HAUTBOURDIN.

Oui, je sais...

Il lui donne de l'argent.

FLORENCE.

Et puis vous m'accompagnerez au pavillon arabe.

HAUTBOURDIN.

Encore! ah! non, par exemple, non.

FLORENCE.

Eh bien! si vous n'êtes pas plus complaisant que cela,
restons-en là, mon cher.

Elle remonte.

HAUTBOURDIN.

Eh bien, c'est comme ça qu'elle me remercie... le voilà,
l'âge ingrat. Non, non, jamais pareille avanie ne me serait
arrivée en 1867. Il n'y a donc que les Kabyles qui leur
plaisent?

Il disparaît.

## SCÈNE XII

VALENTIN, FLORENCE,
puis L'ONCLE, avec SA FAMILLE.

FLORENCE.

Bonjour, monsieur Valentin...

VALENTIN.

Madame de Saint-Aluminium!... Oserai-je vous demander un service?

FLORENCE.

Osez, monsieur Valentin.

VALENTIN.

Voulez-vous rester vingt minutes à mon comptoir?

FLORENCE.

Impossible. J'attends un prince indien.

VALENTIN.

C'est que j'ai des parents de province à promener. Ils n'ont qu'une idée, c'est de visiter les monuments où l'on monte. Ils grimpent partout. Hier, ils m'ont fait escalader le puits de Grenelle. Un tire-bouchon! Nous en sommes à quatorze mille neuf cent soixante-neuf marches.

FLORENCE.

Une vraie fête de famille.

VALENTIN.

Par malheur, cette fête-là, c'est toujours l'ascension!... La preuve, c'est que je viens de les lâcher dans l'ascenseur. Mais ils vont me repincer.

FLORENCE.

Oh! mon pauvre Valentin!

VALENTIN.

Et têtus avec ça! L'oncle ne veut pas admettre que les

nouveaux refuges du boulevard soient des refuges. Le vrai
refuge pour lui, c'est cette construction cylindrique qui est
sur le bord du trottoir.

FLORENCE.

Oh !

VALENTIN.

Il dit : A la bonne heure, c'est solide, c'est blindé. C'est
à l'épreuve de la roue, et il n'en veut pas démordre. Oh !
les voici.

> La famille paraît. — Ils entrent par la gauche à la queue leu-
> leu : le grand-père d'abord, puis la grand'mère, puis la fille,
> puis la petite-fille et enfin l'arrière-petite-fille.

FLORENCE.

Ce paysan et cette paysanne?

VALENTIN, les nommant à mesure qu'ils paraissent.

La grand'mère, une paysanne, mais la fille une demi-
dame, la petite fille une dame, et l'arrière-petite-fille une
princesse!... La gamme chromatique du progrès

FLORENCE.

Tiens! oui, il a une bonne tête, le vieux.

VALENTIN.

Il ne dit jamais qu'un mot pour exprimer son admira-
tion. Toujours le même.

L'ONCLE, s'arrêtant devant Florence.

Adolphe! crédié !

VALENTIN, bas à Florence.

Ça veut dire qu'il vous trouve superbe, c'est comme ça
devant tous les monuments. (La présentant.) La femme-
canon!

FLORENCE.

Hein !

> Toute la famille salue.

VALENTIN, bas.

Laissez donc, ça me dispensera de les mener au cirque.

MONTMAJOUR, arrivant.

Qu'est-ce que cela?

L'ONCLE, s'extasiant devant Montmajour.

Adolphe! crédié.

VALENTIN.

C'est ma famille.

MONTMAJOUR.

Je vous l'achète, il me manque des Esquimaux.

VALENTIN.

Des parents à succession! (Le présentant.) M. Capoul!

MONTMAJOUR.

Comment?

VALENTIN.

Ils voulaient voir Capoul...

MONTMAJOUR.

Si je vous en offrais un bon prix?

L'ONCLE, devant le marchand de chiens.

Adolphe! crédié!

LE MARCHAND DE CHIENS.

C'est mon dernier. Trois cents francs, le chien et le collier...

VALENTIN.

Qu'est-ce qu'il a? C'est le marchand de chiens! Il admire tout. C'est effrayant!

L'ONCLE, se sauvant et allant prendre un bock.

Adolphe! crédié!

VALENTIN.

Deux francs. (L'oncle hésite un instant. Il se décide à boire quelques gorgées et passe le verre à sa famille.) **Maintenant nous**

5

allons monter dans le dôme des Invalides. (A Florence.) Je leur montrerai le dôme de loin et je les lâcherai.

*Ils sortent par la droite.*

MONTMAJOUR, à Florence.

Florence, ma petite Florence, j'ai un de mes étudiants qui est en mal d'enfants.

FLORENCE.

Ah bah !

MONTMAJOUR.

Son mari s'est offert pour prendre sa place. Mais si vous vouliez, vous....

FLORENCE.

Non, non... je suis attendue, moi, par un prince indien tout en diamants, mon cher. Je l'aperçois, il a mis son beau costume.

*Elle sort par la droite.*

MONTMAJOUR.

Allons, allons, profite de l'Exposition, ma fille. On n'expose que tous les dix ans. Je prendrai le mari, mais il me manque une basse. Le baron, le baron me rendra ce service. On me demande mes Suédois, ce soir, à la même heure dans six maisons *Ce high-life !* Organisons ça.

*Il va s'asseoir dans la guérite.*

# SCÈNE XIII

## EMMA, ALFRED, MADAME MOULINOT, puis ANATOLE.

*Emma paraît dans un fauteuil traîné par Alfred déguisé en conducteur.*

EMMA.

N'allez donc pas si vite, Alfred !... Maman ne peut pas nous suivre !

ALFRED.

Quand elle est là, je ne peux pas vous dire que je vous aime. Oh! Emma!

MADAME MOULINOT, arrivant d'un pas précipité.

Charmant, ce traîneur! Hier, j'en avais un à qui je ne pouvais pas arracher un mot... tandis que lui explique tout à ma fille... tout; seulement il va un peu nerveusement.

ALFRED, prenant la voix nasillarde d'un conducteur de fauteuil.

Le buffet des Javanaises! Java, qui jouit d'un climat meurtrier, comme l'atteste la fameuse peste qui porte son nom.

MADAME MOULINOT.

Tu entends, Emma. Retiens bien cela.

EMMA.

Oui, maman.

ALFRED, bas à Emma.

M. de Hautbourdin m'a promis de me faire avoir une place.

EMMA.

Ah! quel bonheur!

MADAME MOULINOT, à part.

Non! Je n'irai pas entendre Elphège. J'ai la fièvre!

Elle boit un bock.

ALFRED, bas.

Et alors votre père consentira à notre mariage.

EMMA.

Que je serai contente!

MADAME MOULINOT, à part.

Ça calme!

ALFRED, à Emma.

Et moi!

MADAME MOULINOT, se rapprochant.

Qu'est-ce que vous dites?

ALFRED, reprenant sa voix nasillarde.

Java! Forêts gigantesques où les panthères sont aussi nombreuses que les lapins chez nous.

Il pousse le fauteuil qui se trouve maintenant à côté de la guérite où est assis Montmajour.

MADAME MOULINOT, à part.

Non, non!... Je n'irai pas!... Et cependant, la musique adoucit les mœurs!... Ah! mon Dieu!

EMMA.

Quoi, maman?

MADAME MOULINOT.

J'ai oublié mon éventail à la machine à fabriquer les bouchons.

ALFRED, vivement.

Je vais le chercher. (Bas à Emma.) Ne bougez pas!

Il sort en courant.

MADAME MOULINOT.

C'est presque un homme du monde.

ANATOLE, revenant avec une carte de visite à la main. — Lisant.

« Mademoiselle de Fortapulna... » Cette fois, c'est une conquête, une vraie conquête. Elle m'a répondu : Que dira ma mère?... Oh! la mienne! de mère!

MADAME MOULINOT.

Emma, Emma! viens donc!... (Emma quitte son fauteuil à regret.) Ce canotier, c'est...

EMMA.

C'est Anatole!

ANATOLE.

Oui, maman. A Ermenonville nous avons voulu boire du lait. Je n'y suis pas habitué, ça m'a grisé!

MADAME MOULINOT.

Grisé! du lait!

ANATOLE.

J'ai déchiré mes habits en montant sur l'impériale de la voiture.

MADAME MOULINOT.

Tu es tombé?

ANATOLE.

Alors, je n'osais plus me montrer.

MADAME MOULINOT, à part.

Fera-t-il un assez mauvais sujet!

EMMA, bas.

Oh! le vilain menteur!...

ANATOLE, de même.

Puisque maman le croit.

Quand Emma a quitté le fauteuil roulant, une grosse nourrice avec son nourrisson s'y est immédiatement installée.

ALFRED, en courant.

Voici votre éventail.

MADAME MOULINOT.

Merci!

ALFRED, croyant toujours parler à Emma, se penchant sur le dos du fauteuil.

Oui, oh! oui!... Je vous aime.

LA NOURRICE, criant.

Par exemple!

ALFRED.

Sapristi!

En se reculant, il bouscule la guérite.

MONTMAJOUR, criant.

Que se passe-t-il?

ALFRED.

Mon oncle!

Il se sauve par la droite en entraînant la nourrice.

MADAME MOULINOT.

Il s'en va!

EMMA.

Suivons-le!

MADAME MOULINOT.

Laisse donc, nous lui devons trois heures, il n'est pas payé, nous allons en prendre un autre.

EMMA.

Pauvre Alfred!

ANATOLE.

C'était Alfred!

EMMA.

Mais oui!

ANATOLE.

Alfred qui va traîner la nourrice!

Ils sortent par la gauche.

MONTMAJOUR, sortant de la guérite.

Qui est-ce qui m'a bousculé comme ça? C'est encore ce Moulinot!...

# SCÈNE XIV

## VALENTIN, MONTMAJOUR, FLORENCE, puis BALAGNOL, ÉGLANTINE, Un Gamin.

VALENTIN, rentrant.

Là!... voilà qui est fait! Ils grimpent dans le dôme.

MONTMAJOUR.

Qui?

VALENTIN.

Eh bien! ma famille. (Florence paraît au bras d'un Indien tout couvert de diamants, d'or et de broderies.) Ah! un Indien avec la petite Florence... (A Florence.) Oh! qu'il est beau!

FLORENCE.

Bonne tête de crétin, hein?

VALENTIN.

Chut!

FLORENCE.

Il ne comprend pas une virgule de français.

VALENTIN.

Prêtez-le moi vingt minutes.

FLORENCE.

Oh! non, par exemple!

MONTMAJOUR.

Je vous le loue.

FLORENCE.

Jamais!

VALENTIN.

Ne le laissez pas traîner, on vous le prendrait.

FLORENCE.

Soyez tranquille, nous allons luncher, comme on dit, dans un cabinet particulier, de peur qu'on me le vole... Qu'est-ce que ça peut bien manger, un homme qui a tant de diamants et tant de perles?

VALENTIN.

Un homme qui a tant de perles..., ça doit manger des huîtres.

FLORENCE.

C'est vrai... des huîtres...

Ils sortent par la droite.

MARCHAND DE JOURNAUX.

Oh! le ballon!... Le ballon captif!

La scène se garnit de visiteurs qui regardent le ballon.

VALENTIN.

On le voit très bien ; d'ici ça devrait se payer, ça...

MONTMAJOUR.

Certainement, ça devrait se payer.

VALENTIN.

Si j'avais des lorgnettes à vendre... Chand de lorgnettes...
chand de lorgnettes !

MONTMAJOUR.

Oui, chand de lorgnettes !

VALENTIN.

Je vais préparer mes bocks.

*Il va à son comptoir.*

CHŒUR.

C'est le navire aérien
Qui s'élance dans l'atmosphère,
Mais il ne rompt pas le lien
Par lequel il tient à la terre.

BALAGNOL, *accourant avec Églantine.*

Nous voici !

MONTMAJOUR.

Voyez-vous là-haut ?

*Il regarde le ballon.*

BALAGNOL, *embrassant Églantine.*

La voilà, la véritable utilité des ballons.

MONTMAJOUR, *qui regarde en l'air.*

Faites donc attention ! Y êtes-vous monté, vous ?

BALAGNOL.

Je n'oserai jamais !

*La scène se vide peu à peu.*

MONTMAJOUR.

Vous avez tort... moi j'y monte tous les jours pour
essayer mon système .. C'est vraiment merveilleux et in-
structif.

### RONDEAU.

Tout le Paris plein d'or et de misère
Grouille à vos pieds, spectacle curieux!
Quel joli cours de morale on peut faire
Quand, au hasard, on promène les yeux.
De ce côté, ce grotesque portique,
Vous devinez que c'est la Bourse avec
Son air manqué de vilain temple antique.
La Bourse, hélas! n'a pas que ça de grec.
Ce monument là-bas, c'est la Monnaie.
Si l'on pouvait pénétrer là-dedans,
Dit-on d'abord, mais à l'œil qu'il effraie
S'offre un voisin qui rend les gens prudents.
Ce voisin, c'est le Palais de justice,
C'est Bartholo, de Rosine jaloux,
Qui profilant son sévère édifice
Aux pick-pockets dit : Prenez garde à vous!
Sur ce sommet plus loin montrant son dôme,
Vous découvrez le massif Panthéon!
Avis à qui rêve d'être grand homme:
Tout juste en face apparaît Charenton.
Quartier Bréda, Cythère bien connue,
J'ai découvert ton coteau trop hanté,
Mais au moment même où je te salue,
J'ai, me tournant, vu le Mont-de-piété!
Poète, à toi sourit l'Académie
Sous la coupole échancrant le ciel bleu,
Mais le hasard, ô cruelle ironie,
En vis-à-vis a placé l'Hôtel-Dieu!
Le Champ de Mars, de la paix sanctuaire,
Montre là-bas son Exposition,
Mais à côté, l'École militaire
Semble risquer sa protestation.

Tout le Paris,
Etc.

### UN GAMIN.

La question, demandez la question du jour... Où est le
chat?... Où est la laitière?... Où est le pêcheur?... Où est
le jobard?..

### BALAGNOL, prenant une question.

Permettez, j'aime ces distractions de l'intelligence. Où
est le jobard?... Je ne vois pas le jobard.

MONTMAJOUR, de même.

Moi non plus.

LE GAMIN.

Donnez-moi deux sous de plus, je vous le montrerai.

BALAGNOL et MONTMAJOUR.

Je veux bien.

Ils lui donnent de la monnaie.

LE GAMIN, leur plaçant un petit miroir devant la figure.

Eh bien! le voilà!

MONTMAJOUR.

Une glace!...

BALAGNOL.

Eh bien! l'avez-vous vu?

MONTMAJOUR.

Et vous? (Comprenant.) Ah! galopin! (Le gamin se sauve.) Mais ce n'est pas tout ça. (Au baron.) Mon ami, j'ai un service à vous demander... j'ai organisé un orphéon suédois... l'orphéon d'Upsal... il me manque une basse.

BALAGNOL.

Oh! C'est ennuyeux!

MONTMAJOUR.

Vous la remplacerez.

BALAGNOL.

Moi?

MONTMAJOUR.

Vous vous mettrez à droite et vous soutiendrez les chœurs.

BALAGNOL.

Mais!...

MONTMAJOUR, à sa femme.

Toi aussi, tu soutiendras.

ÉGLANTINE.

Moi?

On entend une ritouraelle.

MONTMAJOUR.

Voici l'Orphéon! Attention!


# SCÈNE XV


LES MÊMES, LA FANFARE ORPHÉONIQUE D'UPSAL, AGLAÉ, en chef de fanfare.


Entre la fanfare composée de femmes travesties en étudiants suédois. La scène se remplit de visiteurs.


CHŒUR.

Nous, nous faisons la basse,
Nous autres les dessus,
Personne ne se lasse
De nos chants ingénus.

LE CHEF DE FANFARE.

Nous avons parcouru le monde,
Partout fêtés, partout vainqueurs,
Notre habileté sans seconde    (*Bis.*)
Nous a rallié tous les cœurs.
      Notre musique
      Est mélodique,
      Est angélique :
      Dans nos accents,
      Voix et trombone,
      Doux saxophone,
      Rien ne détonne.
      Accords touchants!
      Et, sans pareille,
      Cette merveille
      Charme l'oreille

En tous pays.
Chants d'allégresse
Ou de tristesse
Avec ivresse
Sont applaudis.

TOUS.

Nous, nous faisons la basse,
Etc., etc.

MONTMAJOUR.

Attention!... N'oubliez pas que vous êtes Suédois et que
vous êtes calmes, à cause du climat. (A Aglaé.) Il me manque encore des exécutants.

AGLAÉ.

Il manque le cor d'harmonie et la grosse caisse.

MONTMAJOUR.

Pas de grosse caisse! Tout est perdu!... Ah! la voici!

FLAMICHET, accourant.

C'est un garçon!

MONTMAJOUR.

Quoi?

FLAMICHET.

Mon épouse!... Mon épouse m'a donné un garçon.

Il tape sur sa grosse caisse.

MONTMAJOUR.

Ça m'est bien égal. Et la grosse caisse?

FLAMICHET.

Elle est malade, mais j'ai apporté son instrument.

MONTMAJOUR.

Et votre cor d'harmonie?

FLAMICHET.

Je l'ai oublié, mais... je n'en ai pas besoin... il me gêne...
j'en joue bien mieux quand je ne l'ai pas.

VALENTIN.

Mais vous n'êtes pas une femme, vous!

FLAMICHET.

Je remplace la mienne, qui est en couches... (Il exécute une variation.) quoique Suédoise. Je complète la douzaine de virtuoses.

MONTMAJOUR.

C'est un douzième provisoire... Voyons! le chef de la fanfare?

AGLAÉ.

Le numéro 2! Le numéro 2!

FLAMICHET.

Écoutez-moi ça... C'est une âme qui pleure... Je pense à ses souffrances.

MONTMAJOUR.

Moi aussi!

AGLAÉ.

Y sommes-nous?

FLAMICHET.

Voici! voici!

Premier morceau.

MONTMAJOUR.

Je ne me savais pas si musicien que ça... Ne laissons pas refroidir.

AGLAÉ.

Numéro 7! Numéro 7!

MONTMAJOUR.

Vous y êtes, baron?

LE BARON.

J'y suis, Montmajour.

ÉGLANTINE.

Ça vous rend ridicule.

LE BARON.

Vous trouvez?

FLAMICHET.

*La perte d'une belle-mère.* Elégie en pur lapon, à l'instar des Suédois du Gymnase.

Deuxième morceau.

MONTMAJOUR.

Comme ça peint bien la douleur d'un gendre! (Après le morceau.) Et maintenant, vite, vite! N'oublions pas que nous sommes attendus à l'ambassade de Siam!

REPRISE DU CHŒUR.

Nous, nous faisons la basse,
Etc., etc.

Le chœur sort, Montmajour revient avec la grosse caisse.

LE BARON.

Comment!... Il rapporte la caisse!

ÉGLANTINE.

Voilà un caissier nouveau modèle.

MONTMAJOUR.

Ah! Sapristi! Pardon!

ÉGLANTINE.

Oh! qu'est-ce que c'est que ça?

Florence revient avec son prince. Elle a tous les diamants et il est absolument râpé.

MONTMAJOUR.

Déjà!

Il sort.

VALENTIN.

Ah bah!... Tiens! tiens! tiens!

FLORENCE.

Ils sont bien mieux à leur place.

VALENTIN.

Ça n'a pas été long.

FLORENCE.

Maintenant, je vais le perdre.

Ils sortent.

ÉGLANTINE.

Il est bien déplumé, le monsieur.

LE BARON.

Oui... oui... Il est assez déplumé.

Paraît Hautbourdin déguisé en Arabe.

ÉGLANTINE.

Ce n'est pas comme ce chef arabe!... Oh! le beau bédouin!

BALAGNOL.

Magnifique!... Je vais étudier le type oriental.

ÉGLANTINE.

Quel type!... Quelle physionomie expressive!

VALENTIN.

Si je pouvais le retenir!... (Allant à lui.) Racahout des Arabes!

Hautbourdin le repousse avec majesté.

BALAGNOL.

Eh mais!... C'est Hautbourdin.

HAUTBOURDIN.

Chut! Je ne suis plus Anacharsis de Hautbourdin, je suis un superbe enfant du désert... et ça me réussit!... Je ne peux plus suffire aux commandes de ces dames.

Il continue sa promenade.

BALAGNOL.

Ah bah!

ÉGLANTINE.

Suivons-le donc un instant!

BALAGNOL.

C'est trop fort, par exemple!... Volontiers!

Ils le suivent, Alfred traverse traînant la nourrice qui se pavane. — Il est navré.

ALFRED.

Hou!... Hou!.. J'avais envie de la jeter dans le bas-

sin... Je n'en peux plus... Si j'avais su... en voilà un costume que je n'aurais pas pris. (Il s'arrête.) Oh! monsieur
Moulinot!

Il reprend sa course au galop.

## SCÈNE XVI

Les Mêmes, MOULINOT, MISS KRAMPTON.

Moulinot est très gris. — La scène se remplit peu à peu de tous les
personnages de l'acte.

MOULINOT.

Vivent les femmes libres!... Je voudrais n'avoir jamais
connu que des femmes libres...

MISS KRAMPTON.

Vous voilà converti, vous allez distribuer mes petits
livres.

MOULINOT.

Tout ce que tu voudras!.. Je suis absolument nivelé; si
tu le désires, je me ferai noircir pour remplacer ton nègre...
tout m'est égal... car je t'aime.

MISS KRAMPTON.

Et le champagne aussi, vous l'aimez?

MOULINOT.

Wery well! J'ai voulu prendre un à-compte sur les
ivresses du pouvoir. (Avec importance.) Je me vois déjà à la
chambre!... Je réclamerai...

Il trébuche.

MISS KRAMPTON, riant.

L'équilibre?

MOULINOT.

Européen... Je suis pour l'équilibre européen .. et je
siégerai...

Il trébuche.

MISS KRAMPTON.

De gauche à droite.

MOULINOT.

Oui... oui... Je serai à cheval... sur les principes.

Il trébuche.

MISS KRAMPTON.

Des principes qui se cabrent.

MOULINOT.

Quoi ? qui se cabrent ?... Qu'est-ce qui se cabre ? Je t'ai dit que tu m'avais nivelé... Veux-tu que je me fasse noircir ?

MISS KRAMPTON.

Et ça s'appelle le sexe fort !... Et ça se croit nos maîtres ! Avez-vous distribué mes petits livres ?

MOULINOT.

Tout le long du chemin. J'en ai encore. La psautomologachie.

MISS KRAMPTON.

Logie ! La pantomologie !

MOULINOT.

Logachie.

MISS KRAMPTON.

Assez ! Je vais prêcher dans un instant l'émancipation de la femme.

MOULINOT.

Je t'applaudirai... Ce n'est pas mon avis... mais je t'applaudirai tout de même... Bravo ! bravo !

MISS KRAMPTON.

Pas encore !

MOULINOT.

La pantomologachie !

MISS KRAMPTON.

Logie.

MOULINOT.

Logachie !

UN SERGENT DE VILLE.

Vos noms ? On ne distribue pas d'imprimés.

MOULINOT.

Un procès-verbal ?

LE SERGENT, écrivant.

Vos noms ?

MISS KRAMPTON, lisant.

« Excitation à la haine et au mépris du sexe principal... »
Certainement... certainement !

MOULINOT.

Permettez, je suis un homme d'ordre, moi, voici ma
carte d'électeur.

Il lui remet un papier

LE SERGENT, lisant.

« Votre femme vous trompe. »

MOULINOT, arrachant le papier des mains du sergent de ville.

Hein ?... (Lisant.) « Votre femme vous trompe... Promenez-vous de quatre à cinq heures devant le pavillon algérien. » Eurydice !

MISS KRAMPTON.

Oh ! pauvre monsieur Moulinot... votre femme était
donc convertie d'avance ?

MOULINOT.

Comment ! convertie !

LE SERGENT.

Suivez-moi... chez le commissaire.

MOULINOT.

Allons donc ! Il faut que je découvre le misérable qui a
suborné Eurydice !

LE SERGENT.

Suivez-moi, ou j'appelle main-forte.

MOULINOT.

Quelle situation !... Quel drame! (A Montmajour.) Vous me connaissez, vous?

MONTMAJOUR.

Je ne le connais pas, emmenez-le !

MISS KRAMPTON.

Oh! pauvre monsieur Moulinot, ça a l'air de le vexer.

MONTMAJOUR.

Attrape!... (On emmène Moulinot.) Maintenant, à ma conférencière !... Vous êtes exacte, miss.

MISS KRAMPTON.

Oh! oui... toujours exacte, moi.

MONTMAJOUR, criant.

La conférence, messieurs.

VALENTIN, criant aussi.

La conférencière, mesdames.

MONTMAJOUR.

La célèbre Américaine : miss Krampton!

VALENTIN.

La plus célèbre des Américaines!

On est accouru, miss Krampton s'est installée.

MISS KRAMPTON.

Mesdames et chères martyres!...

TOUS.

Bravo ! Bravo!

MISS KRAMPTON.

C'est devant ce monument de la paix que je veux saluer l'aurore de notre affranchissement. (Un sergent de ville lui fait des signes.) Quoi? (Nouveaux signes.) On veut m'empêcher de parler?

TOUS.

Non, non, laissez-la parler... vive miss Krampton !

Ou refoule le sergent de ville.

MISS KRAMPTON, au public.

J'irai donc devant la statue de la liberté américaine...
et nous verrons si on osera encore m'empêcher de parler.

TOUS.

Oui, devant la statue de la Liberté !

CHOEUR.

Sa singulière éloquence
Promet, spectacle émouvant,
Une amusante séance
De comédie en plein vent.

Tout le monde sort, excepté Valentin et Montmajour.

VALENTIN.

Elle s'en va... mais je vous l'ai louée, pour vendre mes
bocks.

MONTMAJOUR.

Établissez une succursale là-bas !

VALENTIN.

Oui... oui... ça sera le buffet de la conférencière, je la
suivrai partout... Aidez-moi.

Ils disparaissent.

Changement à vue.

# TROISIÈME TABLEAU

## DEVANT LA STATUE DE LA LIBÉRTÉ

---

## SCÈNE UNIQUE

BELGODÈRE, MADAME MOULINOT,
MONTMAJOUR, VALENTIN, MISS KRAMPTON,
HAUTBOURDIN, BALAGNOL, ÉGLANTINE,
L'Oncle et Sa Famille, Le Marchand de Chiens,
Le Marchand de Journaux, Un Sergent de Ville,
Visiteurs de toutes les Nations,
puis MOULINOT.

REPRISE DU CHŒUR PRÉCÉDENT.

BELGODÈRE.

Vous m'avez entendu?

MADAME MOULINOT.

J'ai renvoyé Emma et Anatole... C'est mal, mais je suis
magnétisée!

TOUS.

Vive miss Krampton!... (Miss Krampton place sa table et
salue.) Silence!

Valentin lui apporte un verre d'eau sucrée.

MISS KRAMPTON.

Oui, mesdames et chères martyres...

TOUTES.

Bravo! Bravo!

MISS KRAMPTON.

Assez et trop longtemps nous avons subi l'infâme tyrannie de l'homme...

TOUTES.

Oui... oui!

HAUTBOURDIN, qui est entré.

Je dompterai cette femme capiteuse ou j'y perdrai mon nom!

MISS KRAMPTON.

Assez de palliatifs vains... Assez de demi-mesures... On nous refuse le divorce... prenons-le!

MADAME MOULINOT.

Elle a raison! Prenons-le!

BELGODÈRE.

Oui... elle a raison... Prenons-le!

MISS KRAMPTON.

Que peut l'homme sans la femme?

TOUTES.

Oui... oui... oui!...

MISS KRAMPTON.

Pas même exister!

TOUTES.

Oui! Oui!

LES HOMMES.

Non! Non!

MISS KRAMPTON.

Supprimez la femme et consultez cinq ans plus tard les tables de statistique...

HAUTBOURDIN, à part.

Il n'y aura plus que des Auvergnats!

MISS KRAMPTON.

Puisqu'on m'y force, je le dirai à la face des tyrans qui nous écoutent : Vous avez eu toutes les grèves, vous aurez la grève des femmes !

TOUTES,

Oui... oui... la grève !

LES HOMMES.

Non ! Non !

HAUTBOURDIN.

Si elle ne doit durer que trois jours, comme celle des cochers...

MISS KRAMPTON.

Vous nous abaissez, nous nous supprimons. La grève... c'est le salut !... Le système de l'abstention et attendre... nous verrons ce que deviendra la famille... (Le sergent de ville revient.) On veut étouffer mes revendications ?

LES FEMMES.

Parlez ! Parlez !

MISS KRAMPTON.

Notre ultimatum... le voici : Ou nous serons tout... ou nous n'accorderons rien... rien... rien...

TOUTES.

Bravo ! Bravo !

HAUTBOURDIN.

Toutes rosières !... Quel rêve !

MISS KRAMPTON, au sergent de ville.

Je vous défends de me toucher !

HAUTBOURDIN.

Je réponds de madame... Je suis le marquis de Hautbourdin !

MISS KRAMPTON, prenant le bras de Hautbourdin.

Mesdames, nous nous retrouverons au congrès des femmes.

TOUS.

Oui ! Oui ! Vive miss Krampton !

Miss Krampton et Hautbourdin sortent.

MADAME MOULINOT.

Cette femme a achevé de m'électriser !

BELGODÈRE.

Moi aussi.

Il l'embrasse.

MOULINOT, paraissant à droite.

C'était Belgodère ! ¡Et en public !... Sans égard pour ma candidature !

BELGODÈRE et MADAME MOULINOT.

Fuyons !

MADAME MOULINOT.

Mais où ?

BELGODÈRE.

Dans la statue.

Ils sortent.

MOULINOT.

Vengeance !

LA NOURRICE.

Vive la grève !

Elle met son nourrisson dans les bras de Moulinot.

TOUTES.

Vive la grève !

MOULINOT.

Hein ?... Qu'est-ce que c'est que ça ?

MONTMAJOUR.

Moulinot ! Tu m'as vilipendé !

MOULINOT.

Laissez-moi ! Laissez-moi !

Il met l'enfant dans les bras de Montmajour et s'élance à leur poursuite.

ÉGLANTINE, à Balagnol.

Retenez-le, il va faire un malheur!

BALAGNOL, se précipitant.

Mais...

MONTMAJOUR.

Laissez-le donc!

Il lui met l'enfant dans les bras.

BALAGNOL.

Que va-t-il se passer?

Il met l'enfant dans les bras de Valentin, qui le met, à son tour,
dans les bras de l'oncle.

L'ONCLE.

Adolphe! Crédié!

TOUS.

Courons!

BELGODÈRE et MADAME MOULINOT, passant la tête par les
yeux de la statue.

Sauvés!

MOULINOT, dans la bouche.

Personne!

BELGODÈRE et MADAME MOULINOT.

Merci, mon Dieu!

MOULINOT, levant la tête, et les apercevant.

Oh! les infâmes!

Il cherche à les atteindre avec son parapluie.

CHŒUR.

Quelle drôle de figure
Ils font tous trois là-bas!
Quelle burlesque aventure!
L'attrapera!... L'attrapera pas!...

———————

6

# ACTE TROISIÈME

## QUATRIÈME TABLEAU

### AU CHATEAU DE HAUTBOURDIN

Un jardin. — Deux vases placés de chaque côté de la scène. Ces vases sont attachés à leurs socles par des chaînes.

---

## SCÈNE PREMIÈRE

### HAUTBOURDIN, puis JOSEPH.

HAUTBOURDIN, au public.

Vous savez que ça y est. (Se désignant.) Marié... marié avec l'Américaine capiteuse de l'Exposition... celle qui prêchait la grève. (Avec fatuité.) Je lui ai persuadé le contraire... Que voulez-vous? c'était mon type, cette femme-là. Et puis, quand un homme en est réduit à se déguiser en bédouin pour plaire aux cocottes, ce qu'il a de mieux à faire, c'est d'épouser... Adorable, d'ailleurs, mon Arabelle; un esprit supérieur, capable, par conséquent, de me comprendre. Elle veut faire de mon château un nouvel hôtel de Rambouillet. Elle y a installé un théâtre... que nous inaugurons ce soir. — Seulement, elle a un défaut, la marquise, elle invite tous les gens qu'elle rencontre, et dame!... nos réunions sont parfois d'un mêlé... Mais, j'ai pris mes précautions... (Examinant les chaines.) C'est solide et à l'épreuve d'un coup de main !

> Joseph traverse avec un plateau ; les tasses et cuillers sont attachées au plateau avec des chaînettes comme les gobelets des fontaines Wallace. Hautbourdin les examine.

JOSEPH.

C'est solide ; monsieur le marquis peut être tranquille.

HAUTBOURDIN.

Tranquille ! tranquille ! Je prends mes précautions. La dernière fois, on m'a emporté un candélabre, et un monsieur avait une truelle à poisson dans son gilet ; elle dépassait.

JOSEPH.

Oui, monsieur le marquis, mais quand je suis là...

HAUTBOURDIN.

Quand vous y êtes, c'est la même chose. Il est insupportable, cet animal-là. Il raisonne toujours. Laissez-moi prendre une tasse de chocolat. (Il prend une tasse et est obligé pour boire de se courber en deux.) M. Montmajour est-il arrivé ?

JOSEPH.

Quand je songe que monsieur le marquis reçoit un plumassier !

HAUTBOURDIN.

Je ne le reçois pas, je lui confie un rôle.

JOSEPH.

Dans la comédie, je sais bien.

HAUTBOURDIN.

Dans la revue, c'est une revue.

JOSEPH.

Oui, monsieur le marquis.

HAUTBOURDIN.

Allez voir s'il est arrivé.

JOSEPH.

Oui, monsieur le marquis.

HAUTBOURDIN.

Et posez votre plateau.

JOSEPH, montrant la chaîne qui l'attache au plateau.

Je ne peux pas, monsieur le marquis.

HAUTBOURDIN.

Alors, gardez-le. (Joseph sort.) C'est une revue... (Plus bas.) dont je suis l'auteur... — (Comme s'il avait peur d'être entendu.) C'est la marquise qui a eu cette idée. Elle m'a souri tout de suite. J'adore ce qui prête à la plastique. Et puis, je n'avais pas le temps de faire le *Misanthrope*, qui a déjà été fait d'ailleurs ; je lui ai donc composé une revue qui s'appelle : « *Tant plus ça change... tant plus c'est la même chose.* » C'est Gavarni qui l'a dit. Vous verrez comme c'est enchaîné ! Je suis sorti des sentiers battus, moi... et puis, ça me fournit l'occasion, à l'acte des théâtres, d'endosser un costume historique qui me va... vous verrez ça... j'ai une tête du temps ! La marquise, elle, personnifie l'Exposition, et elle aime assez à exposer, la marquise... c'est la commère.

JOSEPH, entrant.

M. Montmajour est arrivé, mais il fait une drôle de tête. Il paraît que ses inventions l'ont ruiné.

HAUTBOURDIN.

Lui, justement, qui a un rôle gai dans ma revue... Et Moulinot ?

JOSEPH.

M. Moulinot, c'est aujourd'hui le 31 décembre, jour de son élection ; il ne pense qu'à ça.

HAUTBOURDIN.

Mais alors il ne sera jamais à la réplique. Sortez donc des sentiers battus... pour que...

JOSEPH.

Voici M. Moulinot.

Il sort.

## SCÈNE II

### HAUTBOURDIN, MOULINOT.

MOULINOT, entrant, très-préoccupé.

Je ne pouvais pas refuser, ils ont tous voté pour moi.

Il marche de long en large, avec agitation.

HAUTBOURDIN, le suivant.

Moulinot!

MOULINOT, à part.

J'attendais une dépêche télégraphique! Les urnes sont en train de parler... et c'est dans un pareil moment qu'il va falloir jouer un compère!

HAUTBOURDIN.

Moulinot!... Jamais il ne sera à la réplique.

MOULINOT, continuant.

Après que j'ai eu surpris ma femme dans l'œil de la liberté avec ce Lovelace de l'accordéon... j'aurais peut-être mieux fait de ne rien dire... mais ils m'avaient vu...

HAUTBOURDIN.

Moulinot!

MOULINOT, sans entendre.

J'ai repris ma femme... provisoirement. La paix armée, comme la Russie et l'Angleterre. (A un domestique.) Vous aurez soin de m'apporter en scène toutes les dépêches que je recevrai dans la soirée. J'en recevrai beaucoup.

HAUTBOURDIN, à part.

Il ne dira jamais mon texte. (Haut.) Moulinot, nous couperons le premier monologue.

MOULINOT.

Ça m'embrouillera.

HAUTBOURDIN, au domestique.

Appelez Belgodère... (Le domestique sort. — A Moulinot.)
Vous serez nommé, mon ami.

MOULINOT.

Vous croyez ?

HAUTBOURDIN, à part.

Flattons sa manie. (Haut.) J'en suis sûr... Allez vous ha-
biller, et surtout dites bien le texte...

MOULINOT.

Oui, monsieur le marquis... oui, monsieur le marquis.
(En sortant.) Quelle situation ! Un homme qui est peut-être
en ce moment, — c'est le secret de l'urne, — un des re-
présentants les plus éminents de son pays et qui joue
monsieur Guibolard !... monsieur Guibolard !

Il sort par la gauche; à ce moment Belgodère entre de l'autre côté.

HAUTBOURDIN.

Monsieur Belgodère, le premier monologue est coupé.

BELGODÈRE.

Alors, je pourrai dire deux fois mon ouverture.

HAUTBOURDIN.

Non, non, pas de mauvaises plaisanteries. Allons ! com-
mençons, place au théâtre.

BELGODÈRE.

J'attaque.

HAUTBOURDIN.

Attaquez.

BELGODÈRE, à part.

Je la dirai deux fois. Il ne s'en apercevra pas.

HAUTBOURDIN.

Je commence à être ému ! Au rideau !

Le rideau tombe. — Belgodère reste à l'avant-scène.

BELGODÈRE, aux musiciens.

A nous, messieurs... et ne vous étonnez pas s'il y a

quelques dissonances... c'est de la musique savante !
(Il conduit l'ouverture. — Après l'ouverture, le rideau se relève. —
Aux musiciens.) Nous allons reprendre tout ça.

HAUTBOURDIN, vivement.

Non ! non ! rentrez dans la coulisse !... (Parlant à la cantonade.) A vous, Guibolard.

Hautbourdin sort à droite et Belgodère à gauche.

# LA REVUE

Même décor.

———

## SCÈNE PREMIÈRE

MOULINOT (GUIBOLARD), puis MISS KRAMPTON
(L'EXPOSITION), puis HAUTBOURDIN.

Moulinot entre en scène avec un parapluie rouge et un sac de nuit.

MOULINOT.

J'arrive pour la première fois dans la moderne Babylone... Je n'ai pas pu refuser, ils ont tous voté pour moi.. dans la moderne Babylone; j'ai peur de m'y perdre, il me faudrait un guide... je cherche l'Exposition.

MISS KRAMPTON, paraissant à droite, dans un costume superbe.

L'Exposition? Mais c'est moi!

MOULINOT.

Ah! Très réussie! Très réussie!

MISS KRAMPTON.

Je vous montrerai les merveilles que je renferme dans mon sein.

MOULINOT, s'approchant.

Voyons!

MISS KRAMPTON.

Pas de plaisanteries! Apprenez que je suis une Exposition sévère; je ne veux pas que l'on folichonne autour de moi.

MOULINOT, à part.

C'est ennuyeux, ça!

MISS KRAMPTON.

Je vous montrerai non-seulement les merveilles que je renferme dans mon sein, mais encore toutes les nouveautés de l'année.

MOULINOT.

Et que faut-il faire?

MISS KRAMPTON.

Ne pas bouger de place.

MOULINOT.

Puis-je m'asseoir?

MISS KRAMPTON.

De temps en temps. Quelqu'un vient de ce côté!... Eh mais! c'est la poupée nageuse.

HAUTBOURDIN, passant la tête.

La poupée nageuse!... C'est une idée qui n'est venue qu'à moi.

MISS KRAMPTON, bas.

Marquis!

Elle lui fait signe de se cacher.

HAUTBOURDIN.

Je voulais voir l'effet.

## SCÈNE II

LES MÊMES, LA POUPÉE NAGEUSE.

LA POUPÉE.

Le joujou à la mode, la poupée nageuse!

MOULINOT.

Très jolie! Très jolie, cette poupée.

HAUTBOURDIN.

Comme c'est amené!

LA POUPÉE.

C'est moi qui suis la poupée,
Qui, pour la' nage équipée,
   Tout doucement, (*Bis.*)
Fais, sans que mon ressort se rouille,
Ces jolis gestes de grenouille.
   On dit que c'est charmant! (*Bis.*)

Nageant par-ci, nageant par-là,
   Que dites-vous de cela?
Voyez ceci, voyez cela,
Comment trouvez-vous cela?
   A Moulinot, qui s'approche pour regarder de près.

Prenez donc garde de me casser mon grand ressort.

MOULINOT.

Je voulais m'assurer si c'était vraiment dans l'eau que
vous nagiez.

LA POUPÉE.

Certainement, c'est dans l'eau.

Pourtant, messieurs, si l'eau claire
Ne paraît pas me déplaire.
   Ni m'effrayer, (*Bis.*)
Je préfère encor le champagne
Qui vous fait battre la campagne...
   Vous pouvez essayer. (*Bis.*)

Nageant par-ci, nageant par-là,
   Etc.
   A Moulinot, qui s'approche encore.

N'approchez pas!

MOULINOT.

Je cherchais l'étiquette pour voir le prix.

LA POUPÉE.

Il y a des poupées de tous les prix, monsieur.

MOULINOT, regardant l'étiquette.

Bigre! c'est raide! Après ça, en se mettant plusieurs pour l'acheter...

LA POUPÉE.

On paie la nouveauté.

MISS KRAMPTON.

Oh! la nouveauté.

> On admire ce joujou-là.
> Ne croyez pas qu'il soit unique ;
> Dès longtemps le quartier Bréda
> Connaît la femme mécanique.

MOULINOT.

> Seulement, cet être léger
> A des trucs différents des vôtres :
> Il réussit à surnager,
> Mais ce n'est qu'en noyant les autres!

LA POUPÉE.

En voilà des débineurs!

MOULINOT, à part.

C'est égal, je me paierais bien ce petit joujou-là.

MISS KRAMPTON, à la poupée.

Retirez-vous! Vous êtes poupée et vous nagez entre deux eaux, l'avenir est à vous. (La poupée sort.) Maintenant, Guibolard!

On apporte un billet à Moulinot.

MOULINOT, lisant fiévreusement.

Pas de chiffre!... Ce n'est qu'une impression, mais elle est bonne.

MISS KRAMPTON, criant.

Guibolard!

MOULINOT.

Oh! pardon!

MISS KRAMPTON.

Vous devez remonter.

MOULINOT.

Oui, je poursuis la poupée.

## SCÈNE III

MOULINOT, MISS KRAMPTON, Le Marchand
DE BILLETS, puis L'Homme a la Canne.

LE MARCHAND, arrêtant Moulinot qui remonte.

Un billet plus cher qu'au bureau?

MOULINOT.

Comment, plus cher?

LE MARCHAND.

Et faut encore par-dessus le marché faire une risette à
Bibi.

MOULINOT.

Qui ça, Bibi?

LE MARCHAND.

Alcindor Cramoiseau, mis à pied comme claqueur, présentement marchand de billets, attaché au grand Opéra.

MOULINOT.

Merci bien, j'ai vu l'escalier, ça me suffit.

MISS KRAMPTON.

L'escalier! Toujours l'escalier! C'est l'éternel refrain.

Cet escalier est fort monumental :
A chaque détail de luxe y rivalise;
Il a pourtant un défaut capital,
A l'architecte il faut bien qu'on le dise.

MOULINOT.

Vous avez raison.

La salle, hélas! produit un peu l'effet
D'une veilleuse à côté d'une lampe,
Et maintenant, trop tard, on reconnaît
Que l'escalier fait du tort à la rampe.

MISS KRAMPTON.

C'est ce que tout le monde dit.

LE MARCHAND.

Eh bien, malgré ça, comprenez-vous, monsieur, qu'ils
aient supprimé les chevaliers du lustre? Ils s'en repenti-
ront, de cette injustice.

RONDEAU.

Avec ardeur, on crie : A bas la claque!
A l'Opéra de même qu'aux Français
On nous bafoue, on nous chasse, on nous traque,
Nous, les anciens fabricants de succès.
Et cependant, cruelle est l'injustice,
Car de la claque, à toute heure, à tous pas,
Chacun se fait la dupe ou le complice.
Qui donc n'a pas ses claqueurs ici-bas?
De ce côté, voyez le parasite,
Qui de son hôte admire les bons mots,
Pour ses bravos serviles on l'invite :
Claqueur ventru de la table des sots.
Regardez dans le monde des artistes;
La coterie, enjôlant les bourgeois,
Fait croire même aux impressionnistes
En dénigrant les maîtres d'autrefois.
Le laid au nul y fait la courte échelle,
Se partageant les couronnes entre eux.
Ils ont créé la claque mutuelle
Des prés lilas, fêtant les chevaux bleus,
Et les claqueurs de la littérature
Applaudissant quelques romans morts-nés :
A chaque instant, réciproque imposture,
C'est la rhubarbe embrassant le séné!
Ce tripoteur d'affaires scandaleuses
A pour claqueur, la réclame aux cent voix,
Et fait gober ses actions véreuses

7

En côtoyant la lisière des lois.
Prenez, prenez, c'est un coup de fortune.
Qui veut, qui veut des mines de Passy?
Ou des tramways de Paris à la lune?
Ou des trottoirs en caoutchouc durci?
Entendez-vous la quatrième page.
Applaudissant les remèdes nouveaux?
Tout charlatan qui veut faire tapage
A prix fixe a de complaisants bravos.
Pauvre malade, aux souffrances crédules,
Qu'aucun fiasco ne détrompe jamais,
Comme on t'en fait avaler des pilules
Faites avec la graine de niais !
Cet orateur descend de la tribune ;
Creux et pâteux, il a parlé pour rien,
Mais d'un parti s'il flatte la rancune,
Deux cents claqueurs crieront : Très-bien ! très-bien !
Quand nous aimons, tout nous devient aimable,
Molière l'a dit dans un vers très-vieux :
Et la plus laide et la plus détestable
Est l'abrégé des merveilles des cieux ;
Ainsi le veut l'immuable nature
Qui dans un moule a coulé tous les cœurs,
D'où, moi, claqueur, j'ai le droit de conclure
Que l'amour fut le premier des claqueurs.

On voit entrer par la gauche un personnage qui brandit sa canne avec colère.

LE MARCHAND.

C'est lui, sauve qui peut!

Il disparaît en courant par la droite, le personnage le poursuit.

MOULINOT, qui a encore reçu une dépêche.

Toujours pas de chiffres... mais des impressions excellentes.

Le marchand de billets reparaît, toujours poursuivi par la même canne. Il se cache derrière Moulinot, puis sort en courant par la gauche.

## SCÈNE IV

MOULINOT, MISS KRAMPTON, HAUTBOURDIN,
puis LE BILLET DE BANQUE.

MISS KRAMPTON.

Guibolard! (Soufflant.) « Quel est ce bruit? »

MOULINOT.

Quel est ce bruit?

MISS KRAMPTON.

Le nouveau billet de banque.

MOULINOT.

Les billets se suivent et ne se ressemblent pas.

HAUTBOURDIN, passant sa tête.

Comme c'est enchaîné!

MISS KRAMPTON, lui faisant signe.

Allez donc vous costumer, vous manquerez votre entrée.

HAUTBOURDIN.

J'y vais... Mais je vous recommande encore cette scène-
là... c'est d'un neuf!...

Il disparaît.

MISS KRAMPTON, au billet de banque.

Entrez, jeune inconnu.

LE BILLET, entrant.

Comment! Inconnu? inconnu, le billet de banque!

MISS KRAMPTON.

Dame! Vous vous êtes si peu montré cette année. Il paraît qu'on ne vous laissait plus sortir, tant votre conduite
était peu exemplaire.

LE BILLET.

Pas exemplaire!... Au contraire, c'est à qui m'imitera!

MOULINOT.

Je vous conseille de vous en vanter, ô papier bleu!...
mais pardon !

*Il s'approche du billet.*

LE BILLET.

Voulez-vous bien me laisser !

MOULINOT.

Oh! Vous vous trompez, ce n'est pas de la galanterie.

LE BILLET.

Ah!

MOULINOT.

On dit que, pour reconnaître le nouveau billet, il faut
vous regarder de près... c'est de la vérification.

> Oui, c'est un droit, à ce que je suppose,
> Car, comme moi, tous l'exercent ainsi ;
> Ce qui serait une drôle de chose,
> C'est qu'à son tour, le pratiquant aussi,
> Le fiancé pût dire à sa future,
> Avant d'avoir fait les vœux conjugaux :
> Vous permettez, il faut que je m'assure
> Si vous avez quelque chose de faux.

*Moulinot veut encore tâter le billet.*

LE BILLET, se fâchant.

Je vous dis de me laisser !

MOULINOT.

Je suis comme tout le monde ; qu'est-ce qui n'aime pas
à toucher l'argent?

LE BILLET.

Cours après!

*Il se sauve.*

MOULINOT.

Courir après, c'est ce que nous faisons tous.

*Il court après le billet.*

## SCÈNE V

MISS KRAMPTON, puis La Poste Parlementaire.

MISS KRAMPTON.

Eh bien, s'il s'en va, je n'ai plus de compère !... Je ne sais plus que faire, moi. Hum ! hum ! (Au souffleur.) Que devait dire Guibolard ?

LE SOUFFLEUR.

« Quel est ce pimpant courrier ? »

MISS KRAMPTON.

Quel est ce pimpant courrier ?

Entre la poste parlementaire.

LA POSTE.

La poste parlementaire !... Le courrier de Versailles. C'est moi qui porte aux quatre coins du monde les nouvelles de la chambre, les correspondances de nos honorables.

MISS KRAMPTON.

Il doit y en avoir de curieuses !

LA POSTE.

Désirez-vous vous en assurer ?

MISS KRAMPTON.

Volontiers ! Les lettres chantées, c'est la fureur du jour !... on en fourre dans toutes les pièces.

LA POSTE, ouvrant sa boîte.

Choisissez au hasard.

MISS KRAMPTON.

Celle-ci !

LA POSTE.

Ah ! ah ! griffonnage mignon... odeur de foin coupé...

vous êtes tombée sur une lettre de femme... (Parcourant.)
En effet, et de femme d'esprit... la façon dont elle rend
compte de la vérification des pouvoirs de son mari le
prouve.

MISS KRAMPTON.

Vous piquez ma curiosité !

LA POSTE.

Alors, je dois lire ?

Miss Krampton fait un signe d'acquiescement.

LA POSTE.

La voici.

RONDEAU.

Cousine, je tiens ma promesse
Et viens très-fidèlement
Te raconter, quelle prouesse !
Notre début au parlement.
Mon mari m'avait dit : « Madame,
On me validera jeudi :
Vous y viendrez! » En bonne femme,
J'étais au poste dès midi.
C'est un peu tôt, mais, cousinette,
On n'a pas toujours le régal
D'inaugurer une toilette
Avec le mandat conjugal.
Dans la salle, un seul honorable
Qui ronfle comme plusieurs sourds.
Sommeil vraiment invraisemblable,
Puisqu'il devançait les discours !
Les huissiers, pendant ce prélude,
Flânent ornés de faux toupets ;
On dirait des maîtres d'étude
Savourant un instant la paix.
Un garçon, me croyant novice,
M'offre une jumelle... merci !
Pas besoin de rien qui grossisse...
Les mots que l'on échange ici.
Attention !... L'un après l'autre,
Ils entrent, obscurs ou fameux,

L'un recueilli comme un apôtre,
L'autre, fringant comme un gommeux.
On lorgne beaucoup ma tribune,
Chacun arbore sa couleur,
La blonde, la rousse, la brune
Ont leurs partisans pleins d'ardeur;
Je crois même observer, cousine,
Qu'un petit gros, très-avivé,
Pour les beaux yeux de ma voisine,
Vote par assis et levé!
Messieurs, l'ordre du jour appelle...
Attention! Écoutons bien!...
Mais la sonnette a trop de zèle,
Ce qui fait que l'on n'entend rien.
Aussi bien que tout le temps glose
L'orateur sans cesse épongé,
Chacun fort tranquillement cause :
Théâtre, skating, ou congé.
D'où vient donc tant d'indifférence?
On me l'explique avec bonté :
La chose est de peu d'importance :
C'est une loi d'utilité!
Soudain, éclatent les tempêtes;
Un grand risque un mot trop nerveux.
Je vois sur l'océan des têtes
Se dresser... au moins vingt cheveux.
Pour mieux élucider l'affaire,
Au milieu d'un immense cri,
On se menace, on déblatère.
Universel charivari!
« Assez! aux voix! parlez! à l'ordre!
Taisez-vous! » Sont-ils turbulents!...
Et l'on finirait par se mordre,
Si tout le monde avait des dents!
Après ce tapage effroyable,
Le calme renaît un moment,
Il faut bien être raisonnable,
Au moins pour cause d'enrouement.
Puis, dans les groupes taciturnes,
On fait la quête au bulletin,
Le bureau dépouille les urnes,
On va proclamer le scrutin.
Il paraît, étrange formule,
Qu'attaquer avec passion,
A Versailles, ça s'intitule

Prendre en considération.
Ainsi finit la comédie.
Ceux qui s'appelaient scélérats,
Leur colère étant refroidie,
S'en vont en se donnant le bras.
Je fais comme eux, mais dans ma lettre,
Voilà que, grâce au bacchanal
De ces messieurs, j'allais omettre
Tout simplement le principal.
Il paraît que de la cohue
Mon noble époux sort validé!
Je ne m'en suis pas aperçue...
Adieu! chère!... assez bavardé!

MISS KRAMPTON.

Le tableau est ressemblant!

LA POSTE.

N'est-ce pas? Mais voici l'heure de la sixième levée... le courrier des départements... pardon de vous quitter si brusquement... le public ne doit pas attendre.

Elle sort.

# SCÈNE VI

## MOULINOT, MISS KRAMPTON,
### puis LE CONSERVATOIRE.

MOULINOT, revenant vivement comme un homme qui a manqué son entrée, et voulant recommencer la scène.

Quel est ce pimpant courrier?

MISS KRAMPTON, bas.

Ç'a été dit!... (Haut.) Remettez-vous, Guibolard, je vais vous montrer le Conservatoire de musique et de déclamation.

Elle déclame.

Rome, l'unique objet de mon ressentiment,
Rome enfin, que je hais, parce qu'elle l'honore...

Le Conservatoire entre. Il tient en laisse un certain nombre de
jeunes filles attachées par des chaînes, traînant un boulet.
Elles ont toutes le même uniforme.

CHŒUR.

Ah! ah! ah! ah!
Est-ce assez rasant?
Ayez pitié de notre peine.
Ah! ah! ah! ah!
Nous mettre à la chaîne,
Croyez-vous que ce soit amusant?

MOULINOT.

Qu'est-ce que c'est que ça?

MISS KRAMPTON.

C'est un nouveau procédé pour empêcher les évasions.

MOULINOT.

Ce sont des forçats?

MISS KRAMPTON.

Il paraît qu'on n'est plus sûr de rien avec les artistes
d'aujourd'hui... Ils vous filaient entre les mains... mais à
présent, ils sont tous ferrés en entrant...

MOULINOT.

Il vaudrait mieux qu'ils le fussent en sortant.

MISS KRAMPTON.

Les classes vont être métamorphosées en cellules...
Voulez-vous les faire solfier?

MOULINOT.

Volontiers!

Il bat la mesure, les jeunes filles solfient sur un ton traînard.

Do, si, la, do, la.

MOULINOT, somnolent.

On dirait du Belgodère.

LA VOIX DE BELGODÈRE, au dehors.

C'en est!

7.

MOULINOT.

Je l'avais deviné.

MISS KRAMPTON, les interrompant.

Assez! Vous perdez votre temps à rabâcher ces com-
plaintes... Je vais vous montrer, moi, ce qu'il faut au goût
du jour... ce qui enivre le public idolâtre dans les assom-
moirs à musique. (Au public, en saluant.) « La femme colosse et l'homme squelette! » Sentimentalité!... Oh là! là!
(Au chef d'orchestre.) Vas-y, ma petite vieille!

### I

Qui j' suis? Vous ne connaissez qu' moi;
Je suis la fameus' femme colosse
Qui des Hercules fait l'effroi,
Et qu'a des dents comme un molosse!
J' vivais fière d' ma profession,
J' rêvais la fortune et la gloire,
Quand j' me toqu' pour un avorton
Qu'était mon voisin sur l' champ d' foire!

Ah! cré coquin, vous n' savez pas
C' que c'est qu' d'aimer un homm' squelette?
Quand on lèv' deux cents à bout de bras,
Faut-il, faut-il, faut-il que je sois bête? (*Bis.*)

### II

Moi, qu'ai fait poser les plus forts,
J'aim' qui?... Faut croir' que ça d'vait être,
Un homme qui s' fait, à travers l' corps,
A chaqu' séance, lire un' lettre.
C'est vrai qu' pour la distinction,
Trouver son s'cond s'rait difficile,
Et puis les extrêm's s' gob', dit-on;
Quel malheur qu'il soit si fragile!

Ah! cré coquin,
Etc., etc.

### III

Quand nous somm's seuls, crac! tout à coup
Dans mon cœur quéqu' chos' se décroche;
Ma têt' s'allume, mon sang bout,
Mais pas moyen que je l'approche;
Car au moment où d' l'embrasser
Y vient d' me prendr' une folle envie,

Il m' cri' : « Prends-gard' tu vas m' casser! »
Et vous croyez qu' c'est une vie!...

      Ah! cré coquin...
        Etc., etc.
          IV

Lorsqu'on est femme, on a de ça,
C'est plus fort que moi, j' suis ardente.
V'là qu'hier j' pens' plus, oh! là! là!
A sa spécialité cassante.
En l' voyant, la tendress' me prend,
Que voulez-vous, c'est pas ma faute,
J' veux l'enlacer amoureusm'ent...
Patatras! j' lui défonce une côte!

      Ah! cré coquin,
        Etc., etc.

*Les élèves du Conservatoire, qui se sont débarrassées de leurs chaînes, dansent en rond autour de lui, et sortent en reprenant le refrain.*

#### MOULINOT.

Eh bien, là-dessus, je demande à ce qu'on renouvelle un peu l'air. Le parfum de bonne compagnie qu'exhalait cette idylle...

#### MISS KRAMPTON.

Justement! C'est le changement à vue!

#### MOULINOT.

Ah! tant mieux!

#### MISS KRAMPTON.

Monsieur Guibolard...

#### MOULINOT.

Madame l'Exposition?

#### MISS KRAMPTON.

Je vous ai montré les merveilles que je renferme dans mon sein.

#### MOULINOT.

Moins votre loterie... J'ai un de mes amis qui a été bien

heureux; il a gagné un palmier de seize mètres de haut; il l'a mis en pension chez un horticulteur; cela lui coûte trente francs par mois...

MISS KRAMPTON.

Est-il nourri?

MOULINOT.

Ma foi! je n'ai pas pensé à le demander.

MISS KRAMPTON.

Si ma loterie a été un des grands attraits de l'année, il n'a pas été le seul... Rien ne saurait faire oublier à Paris son plaisir favori, le théâtre.

MOULINOT, absorbé.

Pendant le changement, j'ai le temps d'aller voir...

Il va pour sortir.

MISS KRAMPTON, retenant Moulinot.

Restez donc! C'est votre monologue! votre monologue à la Chaumont.

MOULINOT.

C'est juste!

MISS KRAMPTON.

Mais vous savez que vous n'avez que trois minutes.

MOULINOT.

Ah! alors, laissez-moi seul.

MISS KRAMPTON.

Très-bien!

Elle sort.

## SCÈNE VII

MOULINOT, seul, puis MISS KRAMPTON.

MOULINOT.

Mesdames et messieurs, je vous demande bien pardon.
J'interromps la Revue... Ça n'a ni queue ni tête, mais ce
n'est pas ma faute; c'est la faute de l'auteur. Je lui ai dit :
Vous voulez que dans une Revue... je... Il m'a répondu :
« Le procédé a si bien réussi aux Variétés avec mademoiselle Chaumont... » Il est certain qu'une petite conférence,
absolument étrangère à sa Revue, ne pourrait manquer de
produire un très-bon effet... Enfin!... Le sujet que nous
avons choisi pour notre conférence est celui-ci : *De la re-
cherche de la paternité au point de vue dramatique*. Oui, les
pères qui abandonnent leurs enfants sont tout ce qu'il y
a de plus à la mode au théâtre, en ce moment... La preuve,
c'est que la Comédie-Française, rien que pour nous en
montrer une paire, joue en même temps deux pièces qui
pourraient à la rigueur n'en faire qu'une : Les *Fourchambault* et le *Fils naturel*... Pauvres enfants abandonnés!...
Martyrs de la société!... En souffrent-ils assez de cet affreux
abandon?... En souffrent-ils assez?... Le premier, qui est le
second, parce qu'il est venu après, mais ça ne fait rien...
le premier, celui des *Fourchambault*, avant quarante ans,
est une ou deux fois millionnaire... Les voilà, les résultats
de l'abandon, pris sur le fait!... Les voilà!... Le second, le
*Fils naturel*... le premier, parce qu'il est venu avant, mais
qui se trouve être le second, parce qu'il a été repris après...
le second a un sort non moins affreux!... Le malheureux!... A vingt-trois ans, l'âge où les autres, les légitimes,
sont surnuméraires dans un bureau, il est consul général.
Quand je vous dis que c'est horrible!... Quelle leçon pour
les pères dénaturés!... Pour lors...

MISS KRAMPTON, revenant.

Guibolard! Vos trois minutes sont écoulées.

MOULINOT.

Déjà... (Tirant une grosse montre.) Ah! mon Dieu, comme le temps passe vite avec vous! Mes trois minutes sont écoulées!... Mesdames, messieurs... Mais quelle leçon! Quel enseignement que le théâtre!

Il se retire en saluant.

MISS KRAMPTON.

Maintenant, je vais faire défiler devant vous toutes les nouveautés dramatiques de l'année. — Au changement! — Vous savez que ça ne change rien!

Changement à vue.

# CINQUIÈME TABLEAU

Un fond de paysage.

---

## SCÈNE PREMIÈRE

MOULINOT, MISS KRAMPTON, VIEUX et VIEILLES.

On voit arriver, avec des béquilles et des visières vertes, des vieux et des vieilles. — Chacun porte un numéro où on lit : 500ᵉ, 1500ᵉ, 2000ᵉ : Les *Sept Châteaux*, le *Tour du Monde*, la *Dame aux Camélias*, la *Cagnotte*, les *Cloches de Corneville*, la *Grâce de Dieu*, la *Dame blanche*, *Marceau*.

### CHŒUR.

AIR : *des Vieillards de Faust.*

Place aux jeunes, c'est nous qu'on fête,
Et les étrangers enchantés,
Nous prenant pour des nouveautés,
C'est nous seuls qui faisons recette.
Nous sommes tous des jouvenceaux,
Six, sept et huit fois centenaires,
Mais nous enfonçons les nouveaux,
L'eau va toujours à la rivière.

MOULINOT.

La *Cagnotte* 150,000ᵉ représentation !... Et j'étais à la première !... Ça ne me rajeunit pas, ça ! Mais, ça ne fait rien, je demande à passer à autre chose, tout de même...

Car, ainsi, bientôt on verrait
Supprimer toutes les premières;
Chaque scène rabâcherait
Deux ou trois pièces viagères.
Trouvant les efforts superflus,
Grâce à ces routines funestes,
Le théâtre ne serait plus
Que l'art d'accommoder les restes.

MISS KRAMPTON.

Allons, mes bons vieux et mes bonnes vieilles, vous savez bien qu'il n'est pas facile de vous remplacer. Allons, allons. (A Moulinot.) Je les prends par la douceur.

Pendant qu'elle les pousse dehors, une dépêche arrive à Moulinot.

MOULINOT, ouvrant la dépêche.

Le scrutin? Non, pas de chiffres encore, mais des impressions : Grande espérance! (S'exultant.) Ah! J'ai passé une année semée de déboires! Mais si je triomphe, quelle compensation! Je me vois à la tribune.

Ritournelle.

MISS KRAMPTON, soufflant.

« Qu'est-ce qui vient là? »

MOULINOT.

Hein?...

MISS KRAMPTON, soufflant toujours.

« Il me semble avoir ouï cet air... »

MOULINOT.

Il me semble avoir ouï cet air... Je suis sur de la braise ardente. Il faut que je télégraphie à Pessac de presser l'envoi du scrutin. (S'emparant de Belgodère.) Remplacez-moi un instant.

Il sort.

## SCÈNE II

### BELGODÈRE, MISS KRAMPTON, L'HIPPODROME.

BELGODÈRE.

Hein? Quoi? Qu'ai-je à dire?

Paraît l'Hippodrome, précédé de deux grooms à cheval.

L'HIPPODROME, chantant.

Ah! c'est-y beau!
C'est-y beau! c'est-y beau!
Ah! vive l'Hippodrome!

MISS KRAMPTON.

Il me semble avoir ouï cet air jadis au Palais-Royal, dans les *Pommes de terre malades*. Si vous n'avez rien de plus neuf à nous offrir...

L'HIPPODROME.

Puisqu'on vous dit que tant plus ça change, tant plus c'est la même chose... hop! hop!... Vous oubliez donc le titre de notre revue? A quoi bon faire neuf quand le vieux enivre les populations? Hop! hop!

AIR : *C'est l'amour, l'amour*, etc.

C'est le vieux, le vieux, le vieux
Qui règne en ce monde
A la ronde.
C'est le vieux, le vieux, le vieux,
Rien ne vaut mieux
Que le vieux.

MISS KRAMPTON.

Ah! çà, c'est vrai!
Vieux bahuts, vieux rouens, vieux chêne.
La mode est aux antiquités.

BELGODÈRE.

Dans ses échos, le journal traîne
De vieux mots cent fois répétés.

L'HIPPODROME.

Pauvre vieille momie,
Le roman nous rebat,
Vieux à l'académie,
Et vieux hommes d'État.

C'est le vieux, le vieux, le vieux !
Etc.

MISS KRAMPTON.

II

Regardez dans cette voiture,
Cette doyenne dont le fard
A mal replâtré la figure,
Vieille idole d'un vieux jobard.

BELGODÈRE.

Demandez aux cocottes
L'idéal qu'elles ont,
En grinçant des quenottes
Toutes vous répondront :

C'est le vieux, le vieux, le vieux,
Etc.

L'HIPPODROME.

Ainsi, moi qui vous parle, vous croyez peut-être que j'ai inventé quelque chose... pas si bête ! Hop ! hop ! Je retourne dans le même cercle, je grimpe sur les mêmes trapèzes, je fais courir les mêmes chars, je réédite les mêmes sauts périlleux... et la foule idolâtre prend d'assaut nos bureaux. Hop ! hop ! Succès sans pareil !... Succès colossal !... Affaire sans précédents... capital social... je ne sais combien de millions... (Il ouvre un guichet dans les chevaux et en tire des actions.) Cinq cent mille francs de dividende à toucher l'année prochaine.

MISS KRAMPTON.

Mais pardon, je ne comprends pas bien ; êtes-vous un spectacle?... êtes-vous une maison de banque?

L'HIPPODROME.

Les deux à la fois.

MISS KRAMPTON.

Par exemple...

L'HIPPODROME.

Ça vous étonne... rien de plus simple pourtant.

RONDEAU.

La Bourse est comme la banque :
Une arène où tous les jours
Le tripoteur, saltimbanque,
Exécute mille tours.
Exemple : de ce côté,
Sûr de sa dextérité,
Voici le jongleur très-fort
De la prime et du report.
Ainsi, quelque temps s'écoule,
Mais un matin, étourdi,
Notre jongleur perd la boule,
N-i-ni, tout est fini.
Celui-ci, clown très-adroit,
Sur un fil se tient tout droit,
Quand la chance ayant tourné,
Le clown se casse le né...
De la baisse et la hausse,
Voyez, là-bas, les dompteurs :
Ils croient, illusion fausse,
Magnétiser les valeurs ;
De ces gens-là le destin
N'est pourtant que trop certain,
En vain ils se débattront,
Les valeurs les mangeront !
Celui-là sur son trapèze,
Bondissant de cours en cours,
Semble, tant il est à l'aise,
Voler... Oh ! non pas toujours,
Mais par malheur, tôt ou tard,
Ce financier Léotard
Manque le trapèze, hélas !
Dégringole, patatras !
Cet autre court sur la piste
Des bruits à sensation.
Cet autre est l'équilibriste
De la liquidation !...
Cet autre, sous le soleil,

N'a jamais vu son pareil,
Personne n'a sans appui
Levé le pied mieux que lui.
La Bourse est comme la banque
Une arène où tous les jours
Le tripoteur, saltimbanque,
Exécute mille tours!

Hop! hop! Voulez-vous encore de mes actions? Non?
Alors, au revoir, hop! hop!

L'Hippodrome sort, suivi de ses deux petits postillons.

## SCÈNE III

### MISS KRAMPTON, MOULINOT.

MOULINOT, rentrant, à Belgodère.

Là! vous pouvez vous en aller. (Belgodère sort.) Maintenant, tout à mon rôle... Il me semble avoir ouï cet air.

MISS KRAMPTON.

Vous l'avez déjà dit.

MOULINOT.

Quel est ce pimpant courrier?

MISS KRAMPTON.

Vous l'avez dit aussi.

MOULINOT.

Que vois-je?... Océana?

MISS KRAMPTON.

Mais non, c'est coupé.

MOULINOT.

Coupé!

MISS KRAMPTON.

Cette jeune personne est trop décolletée pour nous.

MOULINOT.

Cependant, au Châtelet, elle enthousiasme les titis.

MISS KRAMPTON.

Je crois bien, un costume d'Ève!

MOULINOT.

C'est l'affaire du paradis. (Allant à droite.) Une dépêche?
Non...

MISS KRAMPTON.

Jamais on n'a vu un compère vagabonder ainsi. Soyez
au moins à cette réplique.

MOULINOT.

Quelle réplique?

MISS KRAMPTON.

Je réclame l'art! Le grand art!

MOULINOT.

Ah! oui. Le grand art. La tragédie.

MISS KRAMPTON.

La tragédie s'étiole :
« Prends un siège, Cinna, prends et sur toute chose... »

MOULINOT.

On nous avait pourtant promis un *Attila*, pour faire
suite à la *Fille de Roland*. Malheureusement...

Reçu, mais à correction,
Cet Attila, triste présage,
A, des Français à l'Odéon,
Dû faire le fâcheux voyage.
Le sujet peut être excellent,
Et notre souhait l'accompagne,
Mais le parti le plus prudent,
Après la fille de Roland,
C'était de faire Charlemagne.

MISS KRAMPTON.

D'ailleurs, maintenant, on ne parle plus les tragédies,
on les chante. A preuve, le *Polyeucte*, de M. Gounod; désirez-vous faire sa connaissance?

MOULINOT.

Corneille qui abat des voix!... Non, non, passons à quelque chose de plus gai.

MISS KRAMPTON.

La *Princesse Borowska.*

MOULINOT.

Merci. Trop de Russie à la clef. — Moscou rime avec casse-cou.

MISS KRAMPTON.

Une pièce où, à chaque acte, on pose de si beaux tapis!

MOULINOT.

Ça amortit les chutes.

MISS KRAMPTON.

Et quel boudoir! Rien que des dentelles, c'est la mode aujourd'hui. Tout pour le mobilier.

> Vraiment c'est trop de mise en scène :
> Meubles, tentures et rideaux
> Par leur prodigalité vaine
> Font les délices des badauds.
> Mais, ambition singulière,
> L'auteur semble s'ingénier
> A ne nous rappeler Molière
> Que par le côté tapissier.

MISS KRAMPTON.

Mais nous avons eu mieux au même théâtre.

MOULINOT.

Ah! oui, un des succès de l'année : la *Jeunesse de Louis XIV.* (Des hommes apportent des bancs.) L'État, ce sera moi... si je suis élu.

## SCÈNE IV

LES MÊMES, HAUTBOURDIN (en LOUIS XIV JEUNE,)
MARIE DE MANCINI.
Un sonneur de cor les suit et se place derrière eux.

MARIE, assise sur un banc à gauche et effeuillant une marguerite.

Il m'épousera, un peu, beaucoup, passionnément, pas
du tout!

LOUIS XIV.

O Marie, que vous êtes belle! O Marie, je vous aime.
Veux-tu mon trône et une boucle de mes cheveux? (Le joueur
de cor sonne à pleins poumons les premières notes de Dagobert.) Ne
faites pas attention, Marie... c'est l'étiquette qui le veut
ainsi, quand je chasse.

Il change de place.

MISS KRAMPTON.

Ce devait être amusant!

MOULINOT.

C'est peut-être un peu Ambigu...

LOUIS XIV.

Dites un mot, Léonide...

MARIE, assise sur un banc à droite.

Je ne suis pas Léonide. Elle est malade. Je suis sa dou-
blure.

LOUIS XIV.

Ça ne fait rien. Moi, je devrais m'appeler Gusman, car
mon amour ne connaît pas d'obstacles... (Même jeu du corniste.) Cré coquin!... Ne faites pas attention! (Il change de
place.) C'est le ciel qui nous l'envoie.

Un siège descend des frises.

MOULINOT.

C'est la chaise de dona Sol; elle descend des nuages.

MARIE.

Sire, Votre Majesté est volage.

LOUIS XIV.

Marie !

Il minaude.

MARIE, gravement.

C'est l'histoire qui le dit...

LOUIS XIV, changeant de conversation.

Vous avez là de jolis diamants... C'est ce vieux pingre de Mazarin... (Se reprenant.) C'est votre illustre oncle qui vous les a donnés ?

MARIE.

Lui ! Il est bien trop rat pour cela... prêtés, sire !

LOUIS XIV.

Moi, je t'en donnerai, Marie. Et pas du Cap... je te... (Même jeu du corniste.) Il m'embête à la fin, cet animal-là. Ce n'était pas la peine de refuser à Colbert d'autoriser les tramways !... Venez, Marie, venez.

Ils sortent par la gauche, même jeu du corniste.

MOULINOT.

C'est charmant! Oh! charmant! Mais ça manque de logique, comme mise en scène.

MISS KRAMPTON.

Comment cela?

MOULINOT.

Dame!

En s'acharnant à leur poursuite,
Cet insupportable animal
Empêche de croire à la suite
De ce doux roman conjugal.

Il a beau parler mariage;
Le roi doit rêver tout d'abord,
Même avant l'entrée en ménage,
La séparation de cor.

Louis XIV et Marie, reparaissant toujours suivis du cor; Marie
et le cor ne font que traverser ; Louis XIV s'arrête.

HAUTBOURDIN, naïf.

Je regrette que mon rôle soit fini.

MISS KRAMPTON.

Sortez donc !

HAUTBOURDIN.

Je pourrais rester comme compère. Louis XIV compère...
c'est ça qui ne s'est jamais fait !

MOULINOT, s'empressant.

Ah! mon ami... quelle bonne pensée! Je ne vis pas...
Le temps de retourner au télégraphe... prenez ma place.

HAUTBOURDIN.

Ça va!

MOULINOT, lui serrant la main.

Sire, que de bonté !

Il sort.

MISS KRAMPTON.

Vous voulez tout jouer, alors?... Eh bien, vous jouerez
aussi mon rôle !

Elle sort.

HAUTBOURDIN.

Marquise!... marquise!.. (Il reste seul.) Ah! c'est M. Dupuis, des Variétés.

8

# SCÈNE V

HAUTBOURDIN, (Louis XIV), GRÉGOIRE, NINICHE,
LA CIGALE, puis BIDARD.

LA CIGALE, imitation de madame Chaumont.

Il est à moi!

NINICHE, imitation de madame Judic.

Permettez, madame, c'est mon baigneur!

> Elles le tirent chacune d'un côté.

LA CIGALE.

Moi, c'est mon peintre. Oh! oui, tu es mon peintre!

NINICHE.

A-t-on jamais vu?... vouloir me prendre mon baigneur.

LA CIGALE.

Il a été à moi avant.

GRÉGOIRE, imitation de M. Dupuis.

Voyons, mesdames.... voyons, mesdames...

LOUIS XIV, au public.

Vous avez deviné?... Madame Chaumont et madame
Judic... La cigale et Niniche ; c'est une idée à moi.

NINICHE.

Ne connais-tu plus ta Niniche?
Peux-tu m'abandonner? oh! non,
Je suis ta petite Niniche,
Je suis ta chère Ninichon!

LA CIGALE.

Je suis ta cigale fidèle...

GRÉGOIRE.

Encore la situation du berger Pâris; j'en ai assez, de ce
rôle-là... J'en ai bien assez... Ainsi!

NINICHE.

Rends-le moi !

LA CIGALE.

Essaie de me le prendre !

GRÉGOIRE.

Dieu de Dieu ! que ces étoiles
Ont de drôles de façons !

NINICHE.

C'est moi qui tiens l'affiche !

LA CIGALE.

Parce que tu me l'as prise.

NINICHE.

Chacune à son tour.

LA CIGALE.

C'est ça, vous croyez, parce que je suis une pauvre petite cigale, grosse comme rien du tout, que je me laisserai couper l'herbe sous le pied. Ah ! bien, non, non, on a bec et ongles, entendez-vous !

GRÉGOIRE.

La voilà, la voilà bien, la petite cigale !

NINICHE.

Et moi qui ai été charbonnière, fouchtra !

GRÉGOIRE.

C'est-y, Dieu possible ! C'est-y, Dieu possible ! Je demande un arbitre.

BIDARD, entrant, imitation de M. Baron.

Un arbitre, voilà ! Permettez, mesdames, je suis impartial ; ne le tirez pas comme ça, vous allez le casser...

LOUIS XIV, au public.

Monsieur Baron !

GRÉGOIRE.

Défendez-moi, monsieur le commissaire !

BIDARD.

Sous-secrétaire du commissaire!

GRÉGOIRE.

Défendez-moi, je suis un honnête homme!

BIDARD.

Je le regrette!... Car enfin, retirez de la société les vo-
leurs, les assassins et les escrocs... qu'est-ce qu'il vous
reste?... Non, mais, qu'est-ce qu'il vous reste?... Les hon-
nêtes gens !... Ah! bien, c'est du propre! Vous faites de
jolies choses avec ceux-là !

NINICHE.

Il est à moi !

LA CIGALE.

Il est à moi !

BIDARD,

Silence ! Ou je dresse procès-verbal !

NINICHE.

Vouloir... me couper mon succès par la moitié !

LA CIGALE.

Accaparer toute l'Exposition...

BIDARD.

J'ai une idée !

GRÉGOIRE.

Il a une idée !

BIDARD.

Est-ce qu'il n'y aurait pas moyen de me prendre
comme remplaçant ? Il me semble que mes avantages
physiques, sans parler du moral, qui est d'une pureté...

NINICHE.

Allez vous promener !

LA CIGALE.

Allez vous promener !

BIDARD.

Je n'ai pas de succès près des femmes !

NINICHE, à Grégoire.

Prononcez entre nous !

GRÉGOIRE.

Je suis perplexe, moi, tout à fait perplexe.

LOUIS XIV.

Heureux mortel !

LA CIGALE.

Voyons, ta réponse ?

GRÉGOIRE.

Ma réponse ?... Le grand roi Louis XIV va vous la donner.

NINICHE.

Oui, sire, je vous en prie.

> O sire, venez à mon aide,
> En qualité de connaisseur ;
> On dit que je ne suis pas laide,
> Que ma voix a quelque douceur ;
> On dit que mon regard enjôle,
> Quand je fais de ces mines-là.
> Allons donc ! Un p'tit coup d'épaule,
> Grand roi ! Je vous revaudrai ça !
>             O grand roi, (*Bis.*)
> Parole, on vous revaudra ça !

NINICHE.

Maintenant, prononcez, sire.

LA CIGALE.

Oui, prononcez.

LOUIS XIV.

La réponse, je vais vous la donner sous la forme d'un madrigal.

> Adam et le berger Pâris,
> Tous deux, pour une pomme,

8.

Causèrent des maux infinis;
Chacun d'eux était homme.
Apaisez donc votre courroux,
Suivant la destinée !

A la Cigale.

Adam l'aurait prise de vous...

A Niniche.

Pâris vous l'eût donnée.

BIDARD.

La voilà, la politesse des anciennes cours.

La Cigale et Niniche se tendent la main.

LA CIGALE, à part.

C'est égal, tu me le paieras.

NINICHE, à part.

Je te revaudrai ça.

GRÉGOIRE.

Amies jusqu'au bout des ongles ! Allons, partons !

Ils sortent par la droite.

BIDARD, les suivant.

Voilà ce que c'est pourtant que de chanter ! Ah ! si j'avais seulement un peu plus de velours dans l'organe !


# SCÈNE VI

## LOUIS XIV, MISS KRAMPTON, puis MOULINOT.

On entend dans la coulisse un bruit de vielle discordante.

LOUIS XIV.

Serait-ce encore du Belgodère ?

MISS KRAMPTON, revenant.

Comment ? Tu ne reconnais pas ? C'est la voix de sa mère.

LOUIS XIV.

La *Grâce de Dieu!*

MISS KRAMPTON.

Non, c'est la *Camargo!* Eh! youp! Eh! youp!

LOUIS XIV.

Ont-elles leurs marmottes en vie?

MISS KRAMPTON.

Je ne crois pas.

LOUIS XIV.

Alors, ne les faites pas entrer. Du reste, en fait de marmottes, il y a plus d'amateurs que de connaisseurs. Ainsi,
moi, on m'en a vendu une empaillée pour une vivante...
une autre fois, j'exigerai un certificat!... Ah! mais!

L'orchestre joue l'air du *Bouton de rose.*

MOULINOT, entrant en fredonnant.

Tra la la la la la la... Quel est donc cet air?

MISS KRAMPTON.

Mais, c'est *Bouton de rose*, une pièce du Palais-Royal.

MOULINOT, chantant.

Ah! oui, je m'en souviens...

MISS KRAMPTON.

Dans laquelle jouait M. Geoffroy.

MOULINOT.

J'y étais... Je crois l'entendre quand il disait : (Imitation.)
Je crois que je le tiens assez bien.

MISS KRAMPTON.

Oh! Très-bien.

LOUIS XIV.

Je ne suis pas de cet avis, car j'ai souvent entendu imi-
ter M. Geoffroy. Eh bien! ce n'était pas ça du tout.

MOULINOT.

Il me semble que vous avez oublié de me faire voir le
Théâtre-Lyrique.

MISS KRAMPTON.

Il est fermé.

MOULINOT.

Comment, encore?

De cette scène originale
Le sort, par trop intermittent,
Donne en matière musicale
Un spectacle fort étonnant;
Bien souvent par ses ouvertures
Brille un théâtre d'opéra,
Tandis que c'est pour ses clôtures
Qu'est surtout fameux celui-là.

On entend un bruit de castagnettes.

MOULINOT.

On a sonné à la porte du château!

MISS KRAMPTON.

Ce sont des castagnettes.

MOULINOT.

Non, non... c'est le dépouillement du scrutin!

Il se sauve.

LOUIS XIV.

Quelles sont ces castagnettes?

MISS KRAMPTON.

Ce sont les danseuses espagnoles.

# SCÈNE VII

LOUIS XIV, MISS KRAMPTON, Les Danseuses
Espagnoles.

PREMIÈRE DANSEUSE.

CHANSON ESPAGNOLE.

De l'Espagne admirez une fille,

Pédratta, l'enfant de la Castille.
Fêtée à Palma,
A Lerida,
Jusque dans la Sierra.
Au seul bruit que font mes castagnettes,
L'Andalou, fumeur de cigarettes,
En m'applaudissant,
En se pâmant,
Dit : Bravo ! c'est charmant !
Oui, vraiment, voyez ce mouvement
Charmant !
Admirez mon torse se cabrant
Au chant !
Admirez mon entrain endiablé !
Anda !
Bravo, bravo, la Pédratta !
Voilà !

MISS KRAMPTON, les présentant.

Les danseuses espagnoles du Gymnase.

LOUIS XIV.

Allons donc!... je ne reconnais pas là la volumineuse
prestance de...

Entre une énorme danseuse.

LA DANSEUSE.

J' naquis au Trocadéro,
Pas l' même où l'on perd coco,
Non, l' vrai tro
Cadéro,
Cadéro
Du Boléro !

Elle exécute un pas. — L'orchestre soudain joue l'air de madame
Lenglumé. — Les Espagnoles dansent le cancan et sortent.

LOUIS XIV.

A la bonne heure cette, fois-ci !

Lors des débuts de cette colossale
Sylphide, qui pesait bien cent kilos,
Il m'en souvient, mon voisin dans sa stalle
Se démenait, murmurant quelques mots.

Je l'écoutai : tant d'inexpérience
Et tant de poids étonnant son regard,
Il grommelait, dans son impatience :
« Mais c'est vraiment l'*éléphance* de l'art. »

LOUIS XIV, embarrassé.

A qui est-ce le tour?... ah! oui,... place au plus grand succès de l'année : Les *Amants de Vérone!* Vous allez m'entendre ça... Nous n'avons reculé devant aucun sacrifice, nous donnons à notre Juliette un louis par note et les points d'orgue se paient à part.

# SCÈNE VIII

Les Mêmes, ROMÉO, puis JULIETTE, puis Un Garçon
DE Théatre.

ROMÉO.

*Air des Amants* : (Scène du balcon.)

RÉCITATIF.

Je n'en puis plus, je suis éreinté... Quelle vie!
Quel cumul écrasant! Directeur et ténor!
Passer toute la nuit et roucouler encore!
Si j'avais su ce qu'est une pareille scie...
    Vivace.
Eh bien! je ne vois pas Juliette au balcon :
Je gage qu'elle va me faire encor faux bond.

On lui remet une dépêche.

J'en étais sûr. (Lisant.) « Bronches récalcitrantes, posé trois rigolettos... trois rigolos. Fais bassiner lit et me couche. » Qu'est-ce que je vous disais? Et vous croyez qu'elle Heilbron, (Se reprenant.) qu'elle est bonne? Eh bien, c'est tous les deux jours comme ça. Mais j'ai paré le coup. (A la cantonade.) Qu'on amène la Juliette numéro 2! (Paraît une fillette en blanc.) Mesdames et messieurs, le jeune sujet que nous allons avoir l'honneur de vous offrir comme vice-Juliette, n'a encore pris que trois leçons de chant, mais...

JULIETTE, se précipitant.

Je proteste... le rôle m'appartient... je chanterai quand même.

ROMÉO, à part.

Ça y est! Le truc est infaillible. (Haut.) Et les rigolos?

JULIETTE.

J'ai mis une robe montante.

ROMÉO.

Et les vieilles branches... les vieilles branches?

JULIETTE.

Guéries.

ROMÉO, à part.

Par la rivalothérapie... système infaillible!... (Haut.) Nous y sommes?... Rentrez le numéro 2.

JULIETTE.

On va le voir si nous y sommes!

Elle grimpe au balcon et reprend le duo.

ROMÉO, chantant.

Dieu! C'est elle! O bonheur! Loin de ces lieux, hélas!
Un charme enchaîne ici mes pas.

JULIETTE.

Amour fatal! Il me pénètre!
Oui, mon âme a trouvé son seigneur et son maître.

LOUIS XIV.

Bravo! Bravo!

Juliette redescend, salue le public et remonte.

JULIETTE.

Il est venu, celui que j'ai rêvé...
Roméo, Roméo, dis, pourquoi faut-il, cher ange,
Que tu sois Montaigu?

ROMÉO.

J'abjure ce nom fatal
Par amour...

Entre un garçon de théâtre.

LE GARÇON.

Monsieur le directeur, le costumier n'a pas apporté les maillots pour les danseuses.

*Il sort.*

ROMÉO.

Pas de maillots! Elles ne peuvent cependant pas!... **Ma tête! Ma pauvre tête!...** (A Juliette.) Une minute, je suis à vous tout de suite...

*Il va pour sortir.*

LE GARÇON, revenant.

Les maillots viennent d'arriver.

*Il sort.*

ROMÉO.

Sauvé!... (A Juliette.) Quand vous voudrez...

JULIETTE, chantant.

Fuis, Roméo, fuis, malheureux!
Car si mon père te surprend dans ces lieux,
C'est la mort! C'est la mort!

LOUIS XIV.

Bravo! Bravo! (Juliette redescend, même jeu.) Ça finit par devenir de la gymnastique.

ROMÉO, chantant.

Ah! que m'importe, ô maîtresse adorée!
Puisque de tes aveux mon âme est enivrée,
Puisque ton cœur...

LE GARÇON, revenant.

Monsieur le directeur, un coupon qui fait double emploi. Le monsieur est au contrôle, il dit qu'il entrera de force.

*Il sort.*

ROMÉO, continuant l'air.

Quel métier! quel métier! Il me sort par les yeux!

Vous permettez, Juliette... Le temps de donner ma carte à ce perturbateur...

*Il simule une parade.*

LE GARÇON, revenant.

Monsieur le directeur, un de vos amis est parvenu à mettre ce monsieur à la raison.

Il sort.

ROMÉO.

Un de mes amis... Je devine... Quel gaillard!... (A Juliette.) Quand vous voudrez...

JULIETTE, chantant.

Le temps s'enfuit, la nuit s'avance,
Mon cher seigneur, je vous dis adieu!

Le balcon disparaît.

LOUIS XIV et MISS KRAMPTON.

Quel feu! Quelle conviction! Bravo!

Ils reviennent. — Baisers frénétiques; on cherche à les séparer.

MOULINOT, entrant, il tient une dépêche.

Le scrutin!... C'est le scrutin! (Lisant.) « Ernest Moulinot, trois voix!!! »

TOUS, oubliant leur rôle.

Comment?

MOULINOT, défaillant.

Trois voix!!!

MISS KRAMPTON.

Il se trouve mal!


# SCÈNE IX

LES MÊMES, MADAME MOULINOT, EMMA,
ANATOLE,
TOUS LES PERSONNAGES DE LA REVUE.


MADAME MOULINOT.

Grand Dieu!

ANATOLE et EMMA.

Papa!

9

MONTMAJOUR.

Moulinot! Votre malheur m'émeut.

MOULINOT.

Merci!

MONTMAJOUR.

Il me rappelle le mien; je suis ruiné; eh bien! associons-nous.

MOULINOT.

Soyons plumassiers comme nos pères, et faisons des vœux pour la maison Moulinot et Montmajour.

ALFRED, s'avançant.

Et gendre!

EMMA.

Oh! papa! Il m'aime!

MOULINOT.

Soit! et gendre.

MADAME MOULINOT, s'avançant timidement.

Et moi, me pardonneras-tu jamais?

MOULINOT.

J'ai vu jouer les *Fourchambault* et il ne faut pas que les enseignements du théâtre soient vains. (Il lui tend le front.) Efface!

MISS KRAMPTON.

Et maintenant, la ronde finale.

MOULINOT.

Oui, et pour prouver que nous sommes fidèles à notre titre et que « *Tant plus ça change, tant plus c'est la même chose,* » en avant le vieux vaudeville final, sur l'air classique.

TOUS.

Allons gaîment,

Joyeusement,
Aux drôleries,
Aux singeries.
Allons gaîment,
Joyeusement,
Faisons le procès en chantant.

### 1. HAUTBOURDIN.

Une cocott' me croque mes écus,
Mes billets d' mill' filent, ça m'indispose!
Car avec ell' tant plus je chang', tant plus,
Sac à papiers, c'est toujours la même chose.

### 2. FLORENCE.

De la natur' bouleversant les lois,
Un' grand' artist' flân' dans le ciel sans voiles;
Ça nous fait voir pour la première fois
Qu'un ballon peut enlever une étoile.

### 3. GRÉGOIRE.

Aux Italiens, la foncièr' s'établit;
Ça ne fera pas grande différence;
Car de tout temps les ténors qu'on y vit,
Malgré les couacs, n' manquaient pas d'assurance.

### 4. EMMA.

De chez Duval, les bonn's qui récemment
Étaient en grève, ont repris leur affaire;
Mais au lieu d' fair' toujours d' l'œil au client,
C'est au bouillon qu'ell's devraient bien en faire.

### 5. BIDARD.

Les plus cornus des maris toujours sont
Prêts à dauber sur les cornes prochaines;
La nature a mis les yeux sous le front :
Par conséquent, on ne voit pas les siennes.

### 6. NINICHE.

L'annonc' voitur' s'est mise à circuler,
Attirant fort les regards de la foule;
C'est les annonc's qu'on a l'air de rouler;
Moi, j' crois qu'au fond c'est le public qu'on roule.

### 7. BELGODÈRE.

Chacun le sait, ell' sont vid' tout le temps,
Des omnibus les boîtes à mystères;

On se demand' ce qu'on veut mett' dedans.
Peut-être bien est-c' les actionnaires!

### 8. ANATOLE.

Rien n'est terribl' comme l'esprit d' parti :
Il faut toujours qu'on s' disput', chos' unique!
Presque toujours ce n'est pas sur les *i*
Qu'on met les poings quand on caus' politique!

### 9. ALFRED.

De monsieur T'kint on voit par le procès
Ce qu'on appell' des conseils d' surveillance.
Pour les conseils ils n'en écout'nt jamais,
Mais ils exerc'ent encor' moins d' surveillance.

### 10 AGLAÉ.

A l'Hippodrom', concerts réfrigérants.
Aux fluxions d' poitrine on est en butte.
L'affich' dit bien : Cinq cents exécutants,
Mais ell' n' dit pas qu' c'est nous qu'on exécute!

### 11. MADAME MOULINOT.

A trois chevaux les omnibus, maint'nant,
Veulent marcher; je les trouve fort sages;
Ce procédé réussira sûr'ment;
Voyez plutôt c' qui s' pass' dans les ménages.

### 12. MONTMAJOUR.

Ma femm' quoiqu' maigre a pris l' système nouveau;
Sa robe collant' jamais assez n' la serre.
L' proverbe dit qu' la lame us' le fourreau,
J' m'en aperçois aux not's de couturière.

### 13. MISS KRAMPTON.

Hier, mon voisin, de voyag' revenant,
Trouve sa femme en intim' causerie;
Il redescend quatr' à quatr' en criant :
« Voilà l' moment d' prendr' des billets d' loterie! »

### 14. MOULINOT.

N'ayez pas peur, messieurs, tapez là-dessus;
Ne craignez pas d'exagérer la dose.

Faites-nous dir' : « Tant plus ça change, tant plus,
Pour les bravos, c'est chaqu' soir la mêm' chose. »

TOUS.

Allons gaîment,
Etc., etc.

FIN

Imprimerie générale de Châtillon-sur-Seine, Jeanne Robert.

www.ingramcontent.com/pod-product-compliance
Lightning Source LLC
Chambersburg PA
CBHW051144260626
47170CB00005B/1958